움직이는 말하기

움직이는 말하기

유혜숙 저

보고사
BOGOSA

"무얼 말한담?"

좌중에서 말해야 할 기회가 주어질 때 당황하는 경우가 많다. 왜 그럴까? 발표에 대한 훈련부족 때문이다. '말 잘하는' 사람은 있어도 '잘 말하는' 사람은 드물다. 잘 준비된 말로 생각과 느낌을 표현하고 전달하는 훈련을 아직 우리가 받지 못했다.

이 책은 말하기에 대한 학습과 훈련을 위한 실질적인 자료들을 제공해준다. 책 속의 예문들은 모두 필진이 창작한 것이다. 우리 인간의 혀는 양면성을 갖는다. 사람을 살리는 일도 하지만 파괴시키는 일도 하기 때문이다. 특히 나와 생각이 다른 상대방을 납득시키고 설득시키는 일은 쉽지 않다. 대상에 대한 사랑과 배려의 마음이 밑바탕에 있어야 하고, 말하기의 기술과 지식이 수반되어야 하기 때문이다.

선진국에서는 유치원 시절부터 프레젠테이션 교육을 수행하고 있으며 중·고등학교와 대학에서는 발표와 토론을 통해 진행하는 수업이 대부분이다. 주입식 교육에 길들여진 우리 교육의 특성상, 발표와 토론에 대해 아직은 낯설고 소극적인 상태이다.

필진은 발표와 토론 시, 보다 적극적인 자세로 임할 수 있는 길을 모색하면서 이 책을 엮었다. 말을 할 때 장애를 느끼게끔 하는 요소들이 무엇인지? 어떻게 하면 그것을 극복할 수 있는지를 규명하는 동시에 이에 대한 대안을 제시하고 있기 때문이다.

이 책은 화법이론서가 아니다. 화법에 있어 장애와 무지를 직접 겪은 경험자로서의 시행착오와 이에 따른 대안이 밑바탕을 이루고 있다.

　건강한 대화는 상호소통을 전제로 한다. 자기 것을 전달하는 데 그치지 않고 상대의 의견을 존중하고 경청하는 것을 말한다. "말하기는 더디 하고 듣기는 속히 하라"는 말이 성경에 있듯이 이 책에서는 타인의 말에 공감하고 경청하는 자세를 강조한다.

　이 책의 특징은 청자가 갖추어야 할 요구사항과 덕목을 강조하고 있다는 점이다. 사고에는 대화적 사고와 독백적 사고가 있다. 전자는 남의 입장을 배려하면서 남과 더불어 생각하고 말하는 반면, 후자는 자기 입장에 갇혀 혼자 생각하고 말하며 단독으로 결정하는 폐쇄적 사고의 소유자이다.

　우리의 대화 현장은 어떠한가? 타인의 말을 경청하는 너그러운 귀를 가진 사람은 드물고 제 의견과 목청만 돋우는 사람들이 많다. 이는 말하기 교육의 부재와 사람에 대한 배려심의 결핍에서 생겨난 결과라고 본다. 그러나 '잘 말하는' 것은 내 것을 잘 표현하는 동시에 남의 말을 존중하고 경청해줌을 의미한다. 상대방의 것을 내 것에 앞서 경청하고 존중해 주는 언어교육이 우리에게 절실하다.

　본서에서는 '한국인의 말하기', '한국인의 대화현장', '화법', '말하기의 영역', '속담 및 격언에 나타난 말의 지혜' 등 다섯 장으로 분류해서 말하기를 가르치고자 한다. 바라건대 이 한 권의 책을 통해 내 말과 내 뜻을 앞세우기 전에 남의 말을 듣고 그를 도와주고 세워주는 말을 하는, 우리의 말 문화 발전에 조금이라도 기여하는 일이 있기를 바라며, 이로써 삶의 질이 높아지는 우리나라가 되기를 바라는 마음 절실하다.

2019년 2월

유혜숙

차례

제1장

한국인의 말하기

제1장 한국인의 말하기

1. 핵심능력으로서의 말하기

1) 말하기 및 발표의 중요성

요즘 의사소통능력의 중요성이 어느 때보다 강조되고 있다. 특히 기업체가 필요로 하는 주요 핵심능력 중 업무의 전문성, 대인관계능력에 이어 세 번째로 중요한 업무 핵심능력이 바로 의사소통능력이다. 사실상 면접 시 심사위원들은 논리적으로 말하는 능력을 우선적으로 평가하고 있으며, 이해 능력, 상대의 말을 경청하는 자세를 차례로 꼽고 있다.

말하기 훈련이 전무한 우리의 교육현실

그럼에도 불구하고 우리들은 대중 앞에서 말하는 능력은 물론, 논리적으로 말하는 능력, 말에 대한 이해 및 상대방에 대한 경청자세를 훈련할 기회가 없었다. 수능고사, 내신점수, 외국어 공부에 비중을 두어야 했던 우리의 뒤처진 교육현실이 이러한 현상을 초래했다고 볼 수 있다.

말하기는 인간이 누릴 수 있는 가장 큰 특권

생각과 느낌을 표현하는 언어행위는 인간의 본능 중 가장 고등한 본능이자 인간이 누리는 커다란 특권이 아닐 수 없다. "나는 표현하므로 존재한다"라는 말이 성립될 정도이다. 그럼에도 불구하고 사람 앞에서 발표하는 일은 결코 만만한 일이 아니다. 바로 발표불안증 때문이다.

발표불안증은 정상적인 증상

발표불안증은 누구에게나 있는 증상이다. 사람에 따라 많고 적음의 차이가 있을 뿐이다. 그런데 불안증에 억압돼 있으면 발표의욕이 더욱 약화된다. 오히려 생각을 전환시켜 발표기회가 주어진 것에 대해 감사하는 쪽으로 돌이킨다면 보다 안정적인 발표자세를 유지할 수 있을 것이다. 청중에게 유익한 것을 알려주기 위해 강단에 섰다는 사명감을 갖고, 다양한 자료수집을 통해 좋은 내용을 준비한다면 발표내용에 몰입할 수 있게 되고 불안증도 사라질 것이다.

2) '발표 불안증'의 원인과 극복방안

① '발표 불안증'의 원인

• 내적 요소

체험내용 빈약, 기억의 불확실, 언어표현 능력 부족,
비합리적 사고(성공에 대한 강박감, 실패 트라우마)
성격적 불안(시선 불안증 등)

• 외적 요소

학습 및 연습 부족, 발표기회 부족, 청중에 대한 막연한 두려움,
청중의 성향에 대한 연구부족, 발표현장에 대한 중압감 등

② '발표 불안증' 극복방안으로서의 둔감화 Desensitization[1]

'둔감화' Desensitization는 본래 의약계에서 쓰이는 말이라고 한다. 어떤 물질에 대한 알레르기 반응으로 고통받는 환자에게 그 물질을 일정기간 조금씩 증가시켜 투입할 때 내성이 생기게 되고, 그로 인해 고통을 당하지 않게 되는 과정을 의미한다. 이를 유추해석 해서, 발표불안증에 대한 내성을 키우기 위해 일정기간 그 불안증을 견디도록 하면서 아래에 소개하는 사항들을 실시한다면 불안증이 둔화되는 날이 반드시 올 것으로 본다.

• 청중은 우호적이라는 생각을 갖도록(심리적 안정을 통한 불안감 둔화)

화자에 대해 잘 알지 못하고 있는 청중이므로 굳이 저들이 화자에 대해 적대적인 마음을 가질 이유가 없다. 오히려 화자가 무슨 말을 해줄 것인가에 대한 기대감을 가질 확률이 높다. 그러므로 화자는 청중이 자신을 기대하고 있으며 우호적이라는 쪽으로 자기최면을 거는 것이 좋다.

• 우호적인 시선에 눈을 맞춤(심리적 안정을 통한 불안감 둔화)

낯선 청중 앞에 서서 시선을 집중해서 받을 때 누구나 불편한 마음을 갖는다. 불안증이 가시지 않더라도 자신을 바라보는 우호적인 시선들을 적극 찾아서 그들과 번갈아 눈을 맞추면서 발표하게 되면 차츰 불안증을 덜 수 있다. 이 때 시선과 시선 사이를 오가는 속도가 너무 빠르면 청중에게 불안감을 유발시키므로 카메라가 이동하는 속도로 천천히 옮겨야 한다.

• 거울 앞에서 연습할 것(심리적 안정을 통한 불안감 둔화)

거울 앞 연습은 시선에 대한 두려움을 대폭 덜어준다. 자신의 눈을 바

---

1) 로널드 B. 아들러, 『인간 관계와 자기표현』, 한국심리상담연구소 생활심리시리즈2, 2001. p.159.

라보는 것도 적잖이 부담되는 일이다. 그러나 자기 눈을 맞추며 연습을 하는 것은 타인의 시선에 대한 부담감을 완화시킬 수 있는 효과가 있다. 거울 앞 연습은 손짓 발짓 등을 연습해 볼 수 있는 기회도 된다.

• 발표 시에 발표내용에만 몰입할 것(심리적 안정에 의한 불안감 둔화)
발표할 때 발표 내용에 몰입하게 되면 집중되는 청중의 시선에 대해 둔해질 수 있다. 그러므로 청중과 자신이 흥미를 가질 수 있는 내용을 선택해서 준비한 후, 발표내용에만 몰입하는 것이 필요하다.

• 발표자료를 성심껏 준비할 것(자신감 확보를 통한 불안감 둔화)
성공적인 발표로 감동을 끼쳐야겠다는 의욕을 갖는 것은 좋은 일이지만 의욕이 지나치면 강박감이 생겨나고 마음이 흔들리므로 실패할 수 있다. '연습은 발표처럼, 발표는 연습처럼'이라는 말이 있듯이 자료를 충분히 검토해서 확보한 후, 자료를 토대로 내용을 잘 정돈하고 반복된 연습을 통해 숙련도를 높이는 일이 필요하다.

• 발표내용을 완전히 외울 것(자신감 확보를 통한 불안감 둔화)
발표내용을 완전히 외워두면 두려움을 덜게 된다. 두려움은 준비가 부족할 때 생겨나기 때문이다. 그러므로 불안증이 심한 사람일수록 발표할 내용을 모두 외우도록 하자.

• 성공적으로 발표하는 장면을 상상함(자신감 확보를 통한 불안감 둔화)
성공적으로 발표하는 자신의 모습을 평소 자주 떠올리게 되면 최면효과도 생겨나고, 알 수 없는 자신감과 성취감이 생겨나 성공적인 발표를 할 수 있다.

• 너스레 떨며 불안감을 솔직히 털어 놓기(심리적 안정을 통한 불안감 둔화)

자신의 불안감을 숨기지 말고 청중 앞에 너스레 떨며 솔직히 털어 놓는 것도 완화시키는 일을 한다. 솔직함은 감동을 주게 되고 청중으로 하여금 여유롭고 관대한 태도를 가질 수 있게 만들기 때문이다.

• 정신적 육체적으로 최상의 컨디션 확보(심리적 안정을 통한 불안감 둔화)

몸이 피곤해서 얼굴이 붓게 되면 신경이 날카로워지고 이로써 평소에 불안증이 없던 사람도 불안증을 겪게 되는 경우가 있다. 발표 3,4일 전부터 컨디션을 최상으로 유지하기 위해 힘써야 한다.

• 시청각자료를 사용함(심리적 안정을 통한 불안감 둔화)

PPT 등 시각자료는 청중으로부터 시선을 떼놓을 수 있는 기회를 주기 때문에 시각자료를 사용하는 것은 불안증을 줄이는 효과가 있다. 그러나 시각자료에 지나치게 의존하게 되면 청자와 눈을 맞추는 시간이 없기 때문에 감동적인 발표를 할 수 없게 된다.

• 용모를 최선으로 가다듬기(심리적 안정을 통한 불안감 둔화)

용모가 단정할 때 심리적인 안정감을 누릴 수 있고 이로써 발표의 질도 높아질 수 있다. 의복, 모자, 신발, 액세서리 등으로 단정한 느낌을 줄 수 있게 가다듬는 것은 예의의 차원이기도 하나, 비언어적 전달효과도 높여준다.

이외에, 갑작스런 상황에 대처하는 능력을 갖도록 한다. 예를 들어 청중이 갑자기 일어서서 문을 열고 나가는 경우, 당황하지 말고 '무슨 일이 있는가보다'라고 생각하며 청자에 대한 두려움을 갖지 말아야 한다.

3) 발표주제 선정과 서두제시 방법

• 발표주제를 선정할 때 유의할 사항

대중 앞에서 말하는 경우, 즉흥적으로 말할 때도 있지만 대부분 발표대본을 갖고 말하게 된다. 이 때 중요한 것은 발표의 주제이다. 핵심주제가 뚜렷한 글이 좋은 글이 되는 것처럼 말하기 또한 핵심내용이 뚜렷한 말하기를 할 때 성공할 수 있다. 다음은 발표주제를 선정하는 방법이다.

① 자신이 이미 체험을 했거나 잘 알고 있는 주제 중에서 선택할 것
② 평소 열정을 갖고 궁금해 하며 관심을 갖고 있던 주제를 선택할 것
③ 발표를 통해 보다 확실하게 배운다는 낮은 자세를 갖고 주제를 선택함
④ 청중의 수준, 관심도 등을 고려하여 청중에게 유익을 끼칠 수 있는 주제를 선택할 것

• 말의 서두 제시방법

말하기에 있어 서두는 말하기 전체를 좌우한다. 왜냐하면 적절한 서두는 낯선 청자와의 친밀감을 조성하는 가운데, 주제 예시 및 주제로의 자연스러운 도입을 가능하게 해주기 때문이다. 성공적인 말하기를 위해서 발표의 내용 및 상황에 따라 다양하게 사용할 수 있는 서두개발이 필요하다. 이를 위해 아래와 같은 몇 가지 기법을 소개한다.

(1) 주제와 관련된 최근 화제 거리, 일화 들려주기

최근의 화제나 유명인의 일화, 주변 지인의 일화 등을 들려주는 것으로서 청중의 주의 및 시선을 집중시키는데 있어 효과적이다. 이 기법은 서두를 안정되게 시작할 수 있게 하며 비교적 쉽게 서두를 마련할 수 있다는 장점을 지닌다.

(2) 개인체험 들려주기

화자 자신이 직접 체험한 일화를 들려줄 때 청중의 호기심이 유발된다. 물론 주제와 연관이 있는 이야기를 들려주는 것이 필요하므로 선택에 있어 신중을 기할 필요가 있다.

(3) 시청각자료 기법

발표할 내용 및 주제와 관련이 있는 시청각자료를 보여줌으로써, 서두에서 청중의 관심과 시선을 쉽게 이끌어낼 수 있는 효과가 있다.

(4) 정의 내리기

어떤 용어나 개념에 대해 객관적이고 사전적인 정의를 내리며 서두를 시작하는 것을 말하며 비교적 부담 없이 서두를 시작할 수 있다는 장점을 지닌다.

(5) 질문하기

발표내용 및 주제와 직간접적으로 연관된 질문을 던짐으로써 분위기를 환기시키고, 청중의 주의를 이끌어내며 적극적인 참여를 유도하는 방법이다.

4) 발표 준비글 작성의 실제

① 설명적 말하기의 경우

예: 감기퇴치 방안에 대해

1. 정의 : 감기는 바이러스성 질환, 면역력 약화 등에 따른 질환이다
2. 증상 : 증상으로는 열, 기침, 콧물, 근육통 등이 있다.
3. 발병원인 : 감기는 주로 과로 및 전염에 의해 발병한다.

4.퇴치방안 : 감기를 퇴치하려면 잠을 충분히 자는 등, 휴식이 필요하고 수분을 섭취하는 일이 필요하다.

② 논증적 말하기의 경우

예 : 조기학습을 반대한다.

1. 주장 : 나는 조기학습을 반대한다.
2. 이유 및 근거: 1)아이의 정서가 산만하고 황폐해진다.
   2)조기학습은 부모의 선택에 의한 강제학습이므로 학습효과가 떨어질 수밖에 없다.(통계자료 제시)
3. 예상반박: 경쟁사회에서 뒤쳐지지 않도록 하려면 아이의 재능을 일찍 발견해서 남보다 빨리 교육시킬 필요가 있다.
4. 재반박 : 재능 및 기술보다 중요한 것은 인간성이고, 인간답게 사는 것이 가장 행복한 삶이다.
5. 결론 : 조기교육은 감성 활동이 수반될 때 효과를 드러낼 수 있기에 우리 사회의 조기교육에는 문제가 많다.

* 성공하는 목소리와 실패하는 목소리

	성공하는 목소리	실패하는 목소리
성량	울림이 좋고 청중의 귀에 들릴 정도로 크다	소리가 작아 잘 들리지 않는다
발음	정확하다 (입을 크게 벌릴 때 발음이 정확해짐)	부정확하고 끝을 흐린다
속도	너무 빠르지도 느리지도 않다	너무 빠르거나 느리다
톤	상황에 따라 다양하다 (웃을 때에 톤이 올라감)	단조롭다

한국인의 대화 현장

제2장 한국인의 대화 현장

대화는 예술이라고 할 수 있다. 두 사람이 만나 서로의 생각과 느낌을 주고받으며 삶의 현장에서 생겨나는 의미와 즐거움을 확장해갈 수 있기 때문이다. 대화의 현장은 인간만이 누릴 수 있는 가장 큰 특권이 아닐 수 없다.

그러나 우리의 많은 대화현장이 그렇지 못하다. 이는 일차적으로 우리의 삶이 우호적이지 못하며 대화의 목적 또한 뚜렷이 정립되어 있지 않았기 때문이라고 생각한다. 전쟁과 격동기를 겪어온 민족이기에 정서가 많이 거칠어졌고 경제적인 급성장기를 거치면서 과다 경쟁과 맘모니즘에 따른 이기적이고 공격적인 태도가 우리의 곳곳을 지배하고 있는 실정이다.

한국인의 대화현장에는 으레 공격적인 발언으로 인해 오해를 받거나 의견이 잘 모아지지 않아 대화 아닌 투쟁으로 변하는 경우가 적지 않다. 왜 우리의 대화현장은 대화의 특권과 기쁨을 누리기보다 갈등과 불화의 현장이 된 것일까? 이 책의 "한국인의 대화현장"에서는 우리 언어습관에 담겨 있는 잘못된 현상들을 분석하고 진단하면서 새로운 대화방안을 모색해보고자 한다.

1. 한국인의 대화에 나타난 특성

1) '뒷담화'

정작 말해야 할 곳에서는 조용히 침묵을 지키고 있다가 뒤로 돌아서서 이러쿵저러쿵 말하는 경우가 우리에게 흔히 있다. 이것을 가리켜 '뒷담화'라고 하는데 자기 이름이 밝혀지는 것을 두려워하기 때문에 생겨난 현상이라고 본다. 익명성의 그늘에 숨어 이런저런 소문과 과장된 내용을 만들어 내는 음성적인 모습이 있기 때문에 우리 사회는 갈수록 소란하고 어지러울 수밖에 없는 것같다.

'뒷담화'에 익숙하다 보니 공적인 자리에서 침묵을 지키는 음성적인 성향이 우리의 대화문화를 소극적으로 만들고 병들게 한다. 대화란 서로를 대등한 인격체로 대할 수 있을 때 가능하다. 그런데 민주사회를 표방하는 우리 사회는 아직도 상사와 부하, 노사간에 일방적으로 명령하거나 아랫사람은 무조건 순종해야 하는 상명하달식 양상이 여전하다. 이렇게 폐쇄된 조직 속에서는 창의적인 의견과 조직을 진보시키는 발전적인 방안이 도출될 수 없다.

직급이 낮고 나이가 어리다고 해도 독립된 하나의 인격체로 대해야 하며 그의 개성과 의사를 존중해줘야 할 것이다. 그러나 우리 사회는 아직도 가부장적 사회의 폐단을 불식시키지 못한 상태에 있기 때문에 대통령과 각료들은 왕과 신하의 수직관계에 있고, 부자간 및 상사, 부하의 관계 또한 수직선상에 있다. 이는 국가를 일종의 확대된 가정으로 보았던 유교문화의 통념과 사회인식 때문에 생겨난 것으로서 개화된 지 100년이 지난 오늘에 와서도 크게 달라지지 않았다.

상명하달의 일방적 지시에 따른 순종은 진정한 의미의 대화로 이어지지 못한다. 때로 언어폭력으로 이어지는 경우도 많기 때문이다. 아랫사람이 자유로운 의사를 개진해 볼 수 있는 창의적인 조직이 되지 못할 때

'뒷담화'의 병적양상이 나타나게 된다. 이렇게 되면 조직이 상하게 되고 일의 능률도 떨어지며 익명성을 누리는 사람들에 의해 발설된 루머들로 인해 조직이 분열되고 일의 효율도 떨어지게 된다.

상사 앞에서는 순한 양과 같이 부드럽고 순종하는 모습을 보이지만 일단 돌아서기만 하면 하이에나로 변신하여 상사를 비난하고 헐뜯는 이중인격자를 양산시키는 우리 현실이 조금씩 달라지고 있지만 아직도 회의 시간에 상사의 일방적 지시로 인해 구성원이 말할 기회가 주어지지 않는 경우가 허다하다.

'뒷담화' 증후군이 사라지기 위해서는 폐쇄적이고 전근대적인 가치관이 바뀌어야 하고, 업무 이전에 인간 대 인간 사이의 나눔이라는 관계설정이 전제되어야 한다. 이렇게 되기 위해서는 가진 자측의 생각이 바뀌어야 하며, 비록 업무현장 속의 대화이긴 하지만 사람과 사람 사이의 훈훈한 나눔이 밑받침될 때, 창의적이고 진취적인 의견이 나올 수 있는 여건이 만들어질 수 있을 것이다.

예) 어느 회사 간부의 뒷담화

사장: 이제 경기도 안 좋고, 이번 달부터 모두 6시 30분까지 출근하도록!
간부1:   사장님, 지난달부터 조기출근제를 하지 않기로 노사협의하지 않았습니까?
사장: 아, 그건 지난 달이고 이번 달부터 새롭게 실시하는 거야.
간부2:   그래도 실시한지 한 달 만에 바꾼다는 건 좀 그렇잖습니까?
사장: 왜들 이래? 사장이 하라면 하는 거지!
간부1:   사장님, 노사협의에서 결정된 사항이었고 사원들의 사기진작을 위해서도 이건 옳지 않다고 생각합니다.
간부2:   그렇습니다. 분명히 조기출근이 사원들에게 불편을 주는 것이어서 출근연동제로 바꾸지 않았습니까?
간부3:   어이, 자네들 말이 일리는 있지만 이번 건은 사장님 의견을 따르도록 합시다. 회사가 어려워졌으니 오죽하시면 그렇게 하시겠습니까? 저희들은 사장님 분부하신 대로 따르는 것이 도리라고 생각합니다.

사장: 그래, 진즉에 그렇게 나올 것이지, 싫으면 그만들 두면 되고. 만약 싫은 사원 있으면 오늘이라도 사표 쓰라고 해!

간부1,2: (간청하는 자세로) 사장니임!

사장: 결정났어! 그만들 두라고, 당장 조기출근 실시하라고! (비서를 부른다) 어이, 내일부터 조기출근이라고 사원들에게 알리도록 해!

간부1,2: (사장이 떠난 뒤, 서로 바라보기만 한다) …

간부3: 제기랄, 지 회사라고 지 마음대로 하는 꼬락서니라니! 나 참 더러워서. 언제까지 이 짓 해 먹어야 하나! 이봐! 곽부장, 신부장, 이놈의 회사란 것이 어딜 가도 다 이 꼴이라고. 내가 여러 회사 거쳐서 여기까지 왔는데 똑같아! 그 놈이 다 그놈이야. 가진 놈들 앞에 어쩌겠어. 자, 자, 내가 오늘 점심 내지. 오늘이 중복인데 내가 맛있는 영양탕 사도록 할께.

간부3이 사장 앞에서 해야 할 말	사장의 뒷전에서 피해야 할 말
① 조기출근제를 연동제로 바꾸기로 노사협의했던 사실을 밝힐 것 ② 조기출근이 사원의 사기를 떨어뜨린다는 점	① 사장에 대한 험담 ② 동료에 대한 겉치레 선심

위의 대화에 등장하는 사장은 전형적인 가부장적 경영방식을 택하고 있다. 부하가 자신의 의견에 역행하거나 현실적인 말을 하게 되면 정면에서 차단시키거나 제거해 버릴 생각을 벗지 못하고 있기 때문이다. 때로 자신이 미처 발견하지 못했던 점을 짚어 주고 도와주는 반대의견일 수 있음에도 불구하고 자기 것과 상반되는 의견이라면 무조건 차단시켜 버리는 관행이 한국 내의 어느 조직에나 있다.

위와 같은 실정에서 간부3과 같은 전형적 '뒷담화' 형 인물도 탄생한다. 또한 '뒷담화'가 생겨나는 원인은 사장한테만 있지 않고 구성원에게도 있다. 자신의 견해만을 관철시키려는 고집스런 한국적 경영방식이 낳은 산물이긴 하지만, 옳은 것은 옳다고 말하고 옳지 않은 것은 옳지 않다고 소신껏 말 할 수 있는 용기가 있어야 할 것이다.

2) '언저리' 화법

'언저리 화법'은 필진이 붙여 본 말로서 우리의 일상 속에서 흔히 범하는 언어실수 중 하나이다. 말의 핵심을 확실하게 짚어 주지 못한 채, 주변적인 것들을 건드리기 때문에 핵심이 전달되지 못하고 청자를 짜증스럽게 만들고 이로써 불이익을 당하기도 한다.

예를 들어 어떤 중년부인이 백화점에서 구입한 옷을 큰 치수로 바꾸기 위해 백화점에 들어갔다 하자. 그런데 이 부인은 물건을 바꾸지 못한 채 직원과 옥신각신하는 일이 생겼다. 언저리 화법 때문이다. 상품을 바꾸기 위해 백화점에 온 첫째 이유가 옷의 크기 때문임에도 불구하고 말을 두서없이 늘어놓다 보니, 마치 그 옷의 품질이 좋지 않은 것으로 직원에게 전달하게 되었고 싸움으로 와전되고 만다.

말의 핵심을 면밀히 짚어서 자신이 원하는 바를 설명했다면 쉽게 바꿀 수 있는 옷인데 실랑이를 벌이면서 업신여김까지 받게 되는 일은 말이 갖는 중요성을 일깨워준다.

충간소음문제나 자동차 사고 등으로 갈등이 생겼을 경우에도 핵심을 잘 짚어 이야기하면 쉽게 풀릴 문제를 두고 주변적인 것들을 먼저 들먹이다가 핵심을 놓쳐 버리고 일을 그르치는 경우가 많다.

201호 주인: 301호 주인이시죠? 전 201호에 살고 있는 사람인데요 지금 이 새벽 한 시인데 꼭 이 시간만 되면 세탁기가 돌아가네요. 소음 때문에 저희 부부가 자다가 깬답니다. 세탁기를 아침 시간에 좀 돌려주세요.

301호 주인: 아, 아, 죄송합니다.

201호 주인: 아래층에 사는 사람들 생각도 해주셔야죠? 늦게 퇴근하시는 걸 보니까 음식점 같은 걸 하시는가 본데, 조심해주셔야죠. 세탁은 아침 시간으로 꼭 옮겨주셔요. 지금까지 한두 번이 아니었는데 참다 참다가 오늘 말씀 드리는 겁니다. 아래층 101호는 야간에 어린이집을 운영한다고, 밤마다 애기 우는 소리가 올라오고 위에선 세탁하는 소리 내려오고, 정말 이사가던지, 너무 힘드네요.

301호 주인: 이봐, 당신 나이가 몇인데 날더러 음식점 운운 하는 거야! 보아 하니 예닐곱은 어려 보이는데! 알았어, 맘대로 해. 이사 가든 말든 내 알 바 아니라구.

201호: 어허, 이 양반 정말 무식하게 나오시네. 알았어요. 내일 구청에 민원 넣을 겁니다.(문을 쾅 닫는다)

201호 주인이 말해야 할 핵심	201호 주인이 삼가해야 할 말
① 새벽1시에는 세탁하지 말아달라 ② 아침시간을 택해서 세탁해줄 것	① '음식점같은 걸 하시나 본데' ② '101호는 야간 어린이집을 운영해서'

201호 주인이 원하는 것은 세탁기를 새벽 한 시에 돌리지 말아달라는 것이었다. 그러나 그가 핵심대화에서 벗어나는 '음식점을 하시는가 본데', '101호는 야간 어린이집을 운영해서' 등의 말을 했기 때문에 문제가 복잡해졌고 301호 주인의 자존심을 자극하게 되었다. 군이 하지 않아도 될 주변적인 말을 했다가 대화 아닌 싸움으로 변질되는 일은 말하고자

하는 핵심에 대한 집중력 부족에서 생겨나며, 상대방 입장을 배려하면서 나의 뜻을 분명히 짚어주는 훈련부족에도 기인한다.

3) 습관에 대한 몰이해

상대방의 익숙한 습관과 문화를 이해하지 못함으로써 서로에게 피해를 주는 경우가 우리 주변에 적지 않게 발생한다. 음식 먹는 방법이 다르다든가 메뉴를 선택하는 취향이 다른 점으로 인해 심각한 언쟁이 생기는 경우도 있다. 또한 치약 짜는 방법이 달라서 시작된 언쟁이 이혼으로 이어진 신혼부부도 있다. 자칫 다른 문화와 습관을 이해하지 못한 채 적대적으로 대하면 극한 상황으로 치달을 수 있는 것이다.

예) 치약으로 인한 말다툼

남편: (화장실에서 나오며) 여보, 진작부터 이야기하려고 했는데 자기 정말 왜 치약을 그렇게 터무니없이 짜서 쓰는 거야? 치약은 밑에서부터 짜는 게 맞지 않나?

아내: 치약쯤 자기가 짜고 싶은대로 짜는 것이 아닌가요? 거기에도 원칙이 따로 있나요? 도대체 당신은 제가 뭘 잘못했다고 그렇게 험악한 얼굴로 야단을 하시는 거예요?

남편: 이 사람아! 튜브에 담긴 것은 밑에서부터 짜 올라와야 맞지? 그게 경제적이라구.

아내: 아니, 중간에서 눌러서 짜더라도 끝까지 쓰기만 하면 되는데 뭘 그래요? 피곤하게시리…

남편: 당신 대체 유치원 때 뭘 배웠어? 그런 것 하나 제대로 가르치지 못한 유치원이 제대로 된 유치원인가?

아내: 아니, 왜 유치원 시절까지 들먹이면서 내 속을 쥐어짜고 있는 거예요?

남편: 누구한테 물어봐, 내 말이 맞다고 할 거야. 당신 친구한테라도 먼저

물어봐!

아내: 미안하지만 창피해서도 그런 따위 못 물어봐요! 남자가 쪼잔하게시
리 별걸 다 가지고…

남편: 뭐라고? 이런 형편없는 여자같으니라구!

아내: 그렇게 말하는 당신은 더 형편없는 남자야!

　

위의 대화내용처럼 상대방의 습관에 대해 이해하려는 마음보다 서로
비판하고 따지려는 태도가 문제이다. 위의 한 쌍은 부족한 것과 잘못된
습관을 다잡으려는 태도를 갖기보다 서로의 다름을 이해하고 적응하려
는 태도가 요구된다. 습관은 윤리적인 것과 상관없이 형성됨에도 불구하
고 남편 쪽은 아내의 치약 짜는 습관이 잘못된 것이라고 지적하고 수정하
려 들었기 때문에 상황이 꼬이게 되었고 아내를 향해 도덕적이고 윤리적
인 가치판단까지 하는 심각한 지경에 이르게 된다.

남편에게 요구되는 말과 태도	아내의 습관에 대한 몰이해
① 청유 및 권면의 말 ② 자신과 다른 습관을 품어주는 아량	① "밑에서부터 짜 올라와야 맞지" ② "이런 형편없는 여자같으니라구!"

4) 감정적 언어사용

같은 말을 쓰더라도 온유한 태도로 상대방을 창조적으로 일깨울 수 있
는 말을 사용해야 한다. 특히 자신의 의견을 관철시키려고 할 때일수록
이런 면에 조심해야 한다. 상대방에게 내 뜻이 관철되지 못할 때 감정적
인 언어를 쓰게 되는데 이로써 대화를 망치게 되고 마음이 상하면서 관계
또한 상하기 때문이다. 대화는 인간만이 누릴 수 있는 특별한 선물이기에
따뜻한 친교를 통해 만들어가야 할 것이다.

예) 자녀에 대한 감정적 표현

어머니: 자, 아들아 이제 방학도 됐으니까 생활계획표 한번 짜보렴. 자 칫하면 그날이 그날 같이 되어버리더라. 몇 시에 일어날지, 독서 는 언제할지 그런 걸 계획표로 알차게 짜보렴.

아들: (짜증을 내며) 알았어요. 제발 제가 알아서 할 테니까 그만 좀 하 세요. 저도 다 계획이 있어요.

어머니: 아니 애가 왜 짜증을 내고 그래? 지난 여름방학 때도 네가 계 획없이 보내니까 방학 한달이 그냥 가고 말았잖니? 이번엔 꼭 한 번 짜보라니까. 그럼 내가 잔소리 안하잖니?

아들: 엄마! 요즘 계획표 짜는 아이들 없어요. 엄마는 왜 구태의연한 방식을 요구하세요? 제 나름대로 하고 싶은 방법이 있다고요. 그 리고 엄마는 항상 저에게 의견을 먼저 물어주시기보다 엄마방식 을 요구하시는데 그건 나쁜 습관이에요.

어머니: 뭐야, 너 말 다했어? 넌 아직 고1이야. 아직 배워야할 나이라고! 그냥 놔두면 긴긴 방학 훌쩍 가 버리는 걸 몇 번이나 목격했는데 그래도 널 놔두고 그냥 보라고? 절대 안 된다. 널 이대로 두면 내가 미칠 것같아 이러니까 제발 내 말 좀 들어라 이 자식아.

아들: 엄마한테 사육되는 아들이란 소리 듣기 싫어서라도 이번 방학 때 필리핀에서 한 달 있다 올래요.

어머니: 아니 네가 무슨 돈으로 필리핀을 가? 그것도 한 달씩이나? 너 제 정신이냐?지금같은 불황에 웬 해외여행이냐?

아들: 애, 제 정신이니까 필리핀 갔다 오겠다는 거예요. 왜 잘못된 건 가요? 여행도 교육입니다. 현장 통해서 실제 세계를 배우는 거니 까 좋은 학습이라고 학교에서 배웠어요! 여행은 결코 낭비가 아 니에요.

어머니: 여행은 금수저 애들이나 가는 거다. 네 분수 알아야지. 네 아 버지 지금 한 푼 수입 없어 고생하시는 것 너도 알고 있잖니?

아들: 저도 그건 잘 알아요. 하지만 같은 교회 다니는 형이 비용을 대 준다고 했어요. 집 한번 벗어나 봤으면 소원이 없겠어요. 세상이

어떻게 돌아가는지, 외국청년들은 어떻게 살아가고 있는지 한번 돌아보면서 방학 보낼래요. 엄마 말씀처럼 그날이 그날 같은 삶은 더 이상 살기 싫단 말이에요.

어머니: 어이없구나. 그 형이 돈 대준다고? 아니 고작해야 대학생이 알바해서 번 돈으로 네 여행비 댄단 말이냐? 씨도 안 먹히는 소리 하지 말고 어서 계획표나 짜! 여행 정 가고 싶다면 네가 벌어서 가!

아들: 예, 알아요, 저도 돈 벌게요. 엄마가 언제 저 하자는 대로 해준 것 있으세요? 이 여행은 제가 알아서 갈게요. 우리 집은 감옥이에요. 엄마가 원하는 대로 먹고 마시고, 엄마가 원하는 대로 자고 깨고. 로봇하고 뭐가 달라요? 지겹단 말이에요.(현관문을 열고 밖으로 나간다)

어머니: 야, 이 자식아, 너 이 시간에 어딜 가는 거야?

위의 대화에서처럼 계획적인 방학생활을 위해서 아들을 독촉하고 꾸중하는 엄마의 모습은 우리 주변에서 쉽게 볼 수 있는 모습이다. 엄마의 감정이 고조된 것은 아들이 계획표는 안 짜면서 집안형편을 무시하고 여행가고 싶다는 말을 한 것 때문이다. 자기에게 고분고분하지 않고 세상물정을 모르는 아들이라고 판단한 엄마는 아들을 윽박지르고 감정적인 말을 서슴지 않는다. 이로 인해 아들은 더욱 화가 나고 엄마의 진심어린 요구에서 더 멀어지고 만다.

감정적인 언어는 상대방의 이성과 판단력을 혼란스럽게 만들고 그의 감정만을 자극하기 때문에 건전한 대화로 이어지지 못하게 한다. 안타깝게도 한국인은 이성적인 말을 사용해서 상대방을 납득시키고 설득시키는 쪽보다 감정을 분출해서 자기만족을 꾀하는 쪽에 익숙하다. 상대방의 욕구를 배려하면서 관계를 개선해보려고 노력하기보다 자신의 자연발생적인 욕구분출에 떠밀리기 때문이다.

어머니에게 요구되는 말과 태도	어머니가 삼가해야할 것
① 명령보다 청유 및 권면의 말을 할 것	① 아들은 배우기만 해야 할 대상이라고 봄
② 사춘기 아들의 입장에서 생각해보는 일	② 여행을 단지 낭비라고 생각하는 것

5) 권위의식

상대방에 대해 편안한 마음을 갖고 대화에 임해야 하는데 괜한 열등감을 갖거나 우월의식을 갖는 것 또한 바람직한 대화를 방해한다. 예를 들어 의사나 성직자와 같은 전문인 앞에 서게 될 때 환자로서, 성도로서 알 권리가 있음에도 불구하고 당당한 태도를 갖지 못한 채 묻는 말에만 대답하거나 위축되는 경우가 허다하다.

예) 의사와 환자

환자: 선생님, 수술이 잘 끝났다고 말씀하셨는데 왜 제 복부에는 물이 자꾸 차오르는 걸까요?

의사: 글쎄, 저희 팀 수술과정에는 아무런 문제나 이상도 발견되지 않았습니다.

환자: 그래도 재검진을 한번쯤 받아 봐야 하지 않을까요? 예정했던 퇴원날이 열흘이 넘어가는데 이렇게 마냥 물이 멎기만을 기다리고 앉아 있을 수는 없는 일이잖아요? 제가 제 친구 의사한테 들기로, 수술 중에 임파선을 건드리면 이렇게 될 수도 있다고 하던데…

의사: 병원에서는 조용히 전문인의 지시를 따라 주셔야 합니다. 복부에 물괴는 것과 임파선과는 아무 상관도 없습니다. 말씀드리지 않았습니까? 저희 수술과정에는 아무 이상도 없었다고요. 저희들의 전문분야인 만큼 너무 깊이 관여하지 말아 주십시오.

환자: (위축된 채 아무런 말을 하지 못한다) …

보호자: 선생님, 그래도 환자의 알 권리는 있는 법 아니겠어요? 경과를 기다려 보라고 하신 지가 열흘이 넘었는데 증세에 아무런 변화도

나타나지 않고, 자연히 환자는 초조해질 수밖에 없는 상황 아닙니까? 그리고 임파선 순환에 이상이 와서 물이 괼 수 있다고 친구로부터 전해들은 말을 환자가 선생님한테 한 모양인데 그 말이 선생님을 불편하게 만들 이유가 무엇입니까?

의사: …

보호자: 만일에 빠른 시간 안에 환자를 안심시킬 상세한 정보를 주시지 않으면 이 문제에 관해서 이 병원 원장 선생님과 의논해 봐야 하겠습니다.

일반적으로 의사와 환자, 성직자와 성도 사이에는 대체로 권위의식과 수직적인 위상이 내재해 있기 때문에 일반인이 접근하기 어려운 점이 있다. 대부분 이로 인한 거리감 때문에 대화의 폭을 좁히지 못한 채 상대방으로부터 교육받는 일방적인 관계에 놓이게 된다.

환자나 성도는 한번쯤 질문해 볼 수 있는 영역까지도 행여 무모하다는 말을 듣지 않을까 싶어 유보하는 경우가 많다. 이러한 우리 사회의 관례를 무시할 수는 없지만 예의에 벗어나지 않는 범위에서라면 궁금증을 풀어야 할 권리도 있다. 그렇기 때문에 창조적이고 적극적인 대화를 시도해야 한다. 권위의식을 갖고서 자신을 방어하려는 전문인이 있을 경우에 자칫하면 불이익을 당할 수도 있지만, 위의 대화에서처럼 "제게 알 권리가 있습니다" 하는 식으로 지혜롭게 대응하면서 상황을 순조롭게 이끌어 갈 수도 있기 때문이다. 또한 전문지식을 갖고 있는 의사나 성직자의 경우, 자신의 전문지식으로 환자와 성도에게 봉사하는 마음을 가짐으로써 권위의식으로부터 자유로워져야 할 것이다.

의사에게 요구되는 말과 태도	권위의식에 치우친 의사의 말
① 환자가 알아듣도록 전문용어를 빌리지 않고 일상어로 설명하는 친절한 태도 ② 환자를 향한 진정한 사랑과 연민	① "전문인의 지시를 따라 주셔야 합니다" ② "너무 깊이 관여하지 말아 주십시오"

6) 주입에 대한 집착

감정적인 언어를 사용하게 되는 근본 이유는 빨리 전달해서 의견을 관철시키고 말겠다는 집착 때문이다. 자신과 상대방의 관점을 좁혀 보려고 노력하기보다 자신의 의견만 관철시키려는 이기적인 태도는 대화를 망치게 한다. 사람은 누구나 존중받기 원하며 인격적인 존재이기 때문에 배려받고 대접받기를 원한다. 그렇기 때문에 자기 의사를 일방적으로 전달하려는 태도는 거부반응을 일으킨다.

아내: 여보, 철수에게 영어교육 시켜야겠어요. 요즘 보니까 영어 못하면 왕따 되더라고요.

남편: 아니, 지금 그놈이 나이가 몇인데 벌써부터 닦달이야. 난 중학교 들어가서 영어배우기 시작했어도 지금까지 무역회사에서 일 잘하고 있잖아. 세월 가면 다 알아서 하겠지. 애한테 너무 스트레스 주지 맙시다.

아내: 철수 장래를 생각한다면 미리미리 준비해주어야 하는 것 아니에요? 난 당신의 그런 안일한 태도가 맘에 들지 않아요.

남편: 안일하다니? 너무 심한 것 아냐? 내 말에 틀린 데가 어디 있어. 우리말이나 제대로 익히라고 해. 배우지 못한 것들이 허파에 바람 들어서 영어가 어쩌고저쩌고 난리들이야. 모국어부터 똑 부러지게 배워놔야 외국어도 잘 구사하는 법이라고.

아내: 당신은 현실을 몰라도 너무 모르세요. 영어교육 못 시켜서 난리인데 이대로 있으면 우리 철수가 따돌림 받는다고요. 당신은 아이에 대해 관심있어요? 없어요?

남편: 이봐요, 부모가 지나치게 교육열 쏟으면 애가 숨이 막히는 법이야. 그저 자연스럽게 놓아두면 저도 필요를 느끼게 되고 그때가 교육시킬 적기야. 영어가 꼭 필요하다 싶으면 하겠지. 또 좀 못하면 어때.

아내: 아니, 어쩌면 그렇게 무책임한 말을 하세요. 애를 바보로 만들 작정이에요? 다른 집 애들 좀 보세요. 방학 때면, 너나 할 것 없이 영국

이다 미국이다 그것도 안 되면 호주로, 필리핀으로 어학연수 떠나
는 것 몰라요. 세상물정 좀 아세요!

남편: 세상물정을 내가 왜 몰라. 애들 어학연수 가서 망가진다는 뉴스는
못 들었어? 난 절대 반대야. 단어 외우고 숙어 외우면서 영어문장
많이 읽히면 돼. 지가 열심히 하고 학교에서 충실히 공부하면 그것
으로 충분히 따라가. 다 부모 허영일 뿐이야.

아내: 당신이 그러시니까 매사에 발전이 없이 사시지요.

남편: 뭐라고, 내가 어때서 불만이야. 옛날 생각하면 지금 애들은 호강이
야. 분수를 알아야지. 남들이 한다고 따라 하다간 가랑이 찢어지는
것 몰라?

아내: 지금이 글로벌 시대인데, 분수 운운하고 있어요? 어떻게 해서든
영어 뒷받침 해줘서 남들에게 뒤지지 말고 살게 해야지. 애한테
무엇을 물려주려고 해요? 그저 성실히 살아라. 착하게 살아라. 이
렇게 가르쳐서 되겠어요? 실질적인 도움을 줘야지.

남편: 나는 차라리 국어를 더 가르쳤으면 해. 사고표현능력이 탄탄하고
조문능력이 튼실하면 까짓 영어 좀 늦게 배워도 잘 따라갈 수 있다
고. 자고로 될성부른 나무는 떡잎부터 알아본다고 했어. 억지로
해서 되는 일은 없어.

아내: 그래요. 혼자서 열심히 아, 옛날이여! 노래나 부르고 있어요. 나는
내 생각대로 할 테니까.

아내에게 요구되는 태도 및 언어	아내가 강제적으로 주입하려던 내용
① 영어교육을 강조하는 세태와 추세를 지나치게 주입시키지 않도록 함 ② 남이 하는 대로 할 것이 아니라 영어교육이 강조되어야 할 원론적인 근거 및 사례를 통해 남편을 설득할 것	① 다른 부모들의 영어교육에 대한 맹목적인 열심 ② 경쟁사회에서 자녀가 남들에게 뒤지지 않도록 해야 한다는 비합리적인 욕심

위의 대화에서 장애가 되는 것은 상반된 목적의식이다. 남편은 아이의
교육에 있어 전통적인 방법을 고수하면서 상대방에게 그것을 전달하려

애쓰고 자신의 견해에 일치되는 것만을 찾으려고 마음 쓴다. 반면에 아내 역시 자신의 입장만 생각하고 있다. 즉 부모로서의 입장, 남들과의 비교 등등. 그래서 남편의 의견에 대해 그것이 지배적인 태도라고 여기며 반감을 보이고 있다.

두 사람의 대화내용을 따로 떼어 놓고 분석해 보면 매우 타당하고 논리 또한 분명한 상태에 있다. 그러나 이 둘의 대화는 서로 공유되지 않고 있으며 각자 울려 퍼지는 두 개의 확성기와 같다. 남편이 아무리 좋은 말을 한다고 해도 그것이 아내에게 공감대를 형성시키지 못하고 또한 아내의 목적이 좀체 남편에게 전달되지 못하는 메아리에 불과한 것이다.

이 부부가 원활한 의사소통을 이루기 위해 해야 할 일은 무엇인가? 우선 자신들의 의견을 전달하고 주입하는 데 집착하는 태도를 지양해야 할 것이다. 원칙을 고수하려는 남편에게는 시대를 뒤따라가려는 아내의 모습이 못마땅할 것이나, 현실을 직시해야 하고 미래를 준비하는 아내의 태도를 인정해야 한다. 아내 또한 언어교육에 대한 남편의 원론적인 태도에 대해 숙고하려는 자세가 필요하다.

다음 3장에서 언급할 '나 말하기'(I message) 화법은 이상의 대화에서 나타난 한계점들을 극복할 수 있는 좋은 대안이 될 것이라고 생각한다.

제3장

화법

제3장 화법

1. 나 말하기(I message)

'나 말하기'(I message)는 심리학자 Thomas Gorden [2])이 실시한 화법으로서 이제 우리에게 낯설지 않은 용어가 되었다. 상대방의 부정적인 면모, 부족함에 대해 직설적으로 지적하는 것이 아니라, 말하는 사람이 자신에게로 초점을 돌려서 설명해 주는 화법이 바로 '나 말하기'이다. '나 말하기' 화법은 상대방에게 책임을 추궁하듯이 말하는 '너 말하기' 화법'이 초래하는 적대감을 해소시킬 수 있고, 감정적으로 격앙될 소지를 불식시키는 화법이다. 상대방의 행동으로 인해 생겨나는 나의 생각과 느낌을 비판과 악감정 없이 서술함으로써 청자 쪽에서 스스로 책임을 느끼도록 유도하는 것이 바로 '나 말하기'이다.

한국인은 언어습관상 '나 말하기'보다 '너 말하기'에 익숙해져 있다. '너 말하기'는 모든 일의 책임소재를 상대방에게서 찾고자 하는 적대적이고 이기적인 동기에서 발생하는 것으로 본다. 밤늦게 귀가한 자녀에게 충고할 때에도 '너 말하기'에 익숙해져 있기 때문에 자녀를 먼저 꾸짖기 일쑤다. 직설적인 표현을 하면 효과가 빠를 것으로 생각되지만 자신의

---

2) T. 고든, 『토마스 고든의 리더 역할 훈련 L.E.T』, 양철북, 2003, p.92.

기분만 일시적으로 분출할 뿐 자녀의 태도에는 변화가 나타나지 않는다. 오히려 반감을 초래할 수 있다. 반면에 늦은 귀가로 인해 부모가 얼마나 힘들었는지를 차분하게 설명해주면 오히려 자녀 스스로 책임감을 느낄 수 있다.

"어머니가 나 때문에 많이 근심하고 계시는구나! 다음부터 귀가시간을 앞당겨야겠구나!"하는 자기성찰을 통해 자녀의 차후 행동 변화를 기대할 수 있기 때문이다. 반면에 "넌 왜 이렇게 늦었니? 옆집에 있는 ○○는 MT 갔다가 일찍 들어왔던데 넌 왜 이렇게 외출만 했다 하면 늦는 거니?" 하는 식으로 몰아 부치면 책임을 추궁당한 불쾌감으로 인해 수치심이 생기고 이로 인해 성찰능력이 떨어지며 책임감도 불투명해진다.

우리 국민이 '너 말하기'에 익숙해져 있는 이유는 첫째로 자신을 성찰하기보다 타인에게 책임을 전가하려는 이기적인 태도 때문이고, 둘째로 성격 면에서 조급하기 때문이다. '너 말하기' 화법을 계속 사용하게 되면 청자가 감당해야 할 책임을 화자 쪽으로 이동시키는 셈이 되므로 청자에게 기대되는 태도변화가 생겨나기 어렵고, 관계 또한 악순환 할 수 있다.

예) '나 말하기' 화법 예화 1

'너 말하기'

아내: 여보, 제발 좀 천천히 달려요. 앞차와 간격이 너무 빠듯해서 금방이라도 사고날 것 같아요.

남편: 거참, 내가 잘 알아서 달리고 있는데 왜 자꾸 잔소리야? 저렇게 옆차들이 자꾸만 끼어드니까 별 수 없다고. 제발 운전 중엔 날 믿고, 거 잔소리 좀 하지 말아요.

아내: 아니, 이 양반, 생명이 달려있는 일인데 걱정 안하게 됐어요?

'나 말하기'

아내: 여보, 당신이 속력을 많이 내시니까 차간거리가 너무 빠듯해지네요. 앞차가 급정거라도 하면 어쩌나 싶어 제가 너무 무서워요.

남편: 아, 안전거리 확보하고 싶어도 자꾸 끼어드는 옆 차들 때문에 별수가 없어요. 끼어들 틈을 주지 않으려면 지금처럼 달려줘야 해요.

아내: 아, 네, 제가 잘 몰랐네요.

예) '나 말하기' 화법 예화 2

'너 말하기'

여인1: 할머니, 새벽녘에 할머니 댁 개 짖는 소리 때문에 제가 새벽잠을 설쳤어요. 할머니네 개 좀 단속해 주세요.

할머니: 원 새댁이 너무 예민해서 그런 거지 뭐. 개는 짖으라고 키우는 거지 가만있으면 그게 개유?

여인1: 어떻게 그렇게 말씀하세요. 이렇게 복잡한 도시에서 개를 키울 때 모두들 조심하고 사는데 할머니넨 너무 조심성이 없어요. 저도 참다 참다 못해 이렇게 말하는 거에요. 앞으로 조심하시지 않으면 가만히 있지 않을 겁니다.

할머니: 가만히 못 있겠으면, 법으로 해 보실 요량인가? 해보시구려! 원 세상에 개 짖는 소리 따위 가지고 시끄러워 못 살겠다면 한국을 떠나시지!

'나 말하기'

여인1: 할머니! 어젯밤에 개 짖는 소리 때문에 잠을 설쳤어요. 오늘 중요한 모임도 있고 한데 어쩌지요?

할머니: 아이, 뭐 그깐 개 짖는 소리 가지고 뭘 그래요. 살다보면 별별 소음 많은데 허구 헌 날 짖는 개소리 땜에 잠을 못 자다니 원, 새댁 신경이 너무 예민하구만!

여인1: 할머니, 저는 할머니네 개가 새벽녘에 두어 시간 계속 짖기에 혹시

도둑이 든 것은 아닌가, 개가 아픈 것은 아닌가 하고 별별 생각
다하다 잠을 설쳤어요. 제가 지금 너무 힘들어요.
할머니의 며느리: (안에서 대화를 엿듣고 있다가) 어머, 새댁! 미안해요
저희 집 개가 가끔씩 망령을 부려요. 간밤에 잠을 설치게 해드려서
정말 어쩌지요?
여인1: 아, 네, 뭐, 괜찮습니다.

앞의 '너 말하기' 화법에서는 개를 방치해 둔 할머니에게 책임추궁함으
로써 감정이 뒤엉키게 되고 싸움으로 변하고 만다. 그렇지만 '나 말하기'
에서는 비록 할머니의 무례한 답변이 있었지만, 옆에서 대화를 엿듣고
있던 며느리에게 감동을 줄 수 있게 되었고 이로써 사과도 받을 수 있게
되었다.

• '나 말하기'의 구성요소
① 문제를 유발시킨 상대방의 행동에 대한 비판 없는 서술
② 위 문제로 인해 생긴 가시적이고 구체적인 결과나 영향을 서술
③ ②의 결과로 인해 자신이 경험한 감정에 대한 서술

• '나 말하기' 화법의 이점
① 말을 하는 쪽은 자기의 경험과 감정을 솔직하게 표현함으로써 자신
   스스로를 이해할 수 있게 되고 듣는 사람에게도 이를 알리는 효과가
   있음
② 듣는 쪽은 자신 스스로를 분석·판단하게 되고, 말한 사람을 이해할
   뿐 아니라 그를 도와줄 수 있게 됨
③ 말하는 사람과 듣는 사람 모두가 그들의 마음을 정직하게 개방할
   수 있는 기회를 만들어 줌

• '나 말하기' 화법사용 시 참조사항

① '나 말하기'가 잘 통할 수 있는 대상을 반드시 선택해야 함

② 좀 더 좋은 기회를 포착하기 위해 때로 화법사용을 유보시킬 필요도
　있음

③ '나 말하기'는 긍정적인 대화에도 사용함 – 친교가 더 돈독해짐

2. 샌드위치 화법(sandwich speech)

공동체 속에서 다양한 사람들과 관계를 맺다 보면 인격적으로 미성숙한 사람을 만나 충돌하는 경우가 있다. 그러한 사람일수록 이기적인 입장에 머물러 있기 때문에 눈에 거슬리는 행동을 많이 보인다. 그러나 그럴 때마다 일일이 지적하고 비판하게 되면 그 사람과의 관계뿐만 아니라 공동체의 분위기도 불편해진다.

적절한 말을 동원해서 효과적으로 표현할 수 있도록 훈련받는 일이 중요하다. 권고를 받는 사람도 자신의 미숙함을 깨달을 수 있으며 화자 또한 성취감을 느낄 수 있게 하는 화법 중의 하나가 '샌드위치 화법'이다. 어떤 사람이든 장점이 한 두 가지는 꼭 있으며 그 사람 나름대로의 취지를 갖고 행동한다. 그의 취지를 인정해주고 장점이 있다면 이를 잘 발견해서 말해준 뒤에 충고하고 싶은 말을 끼워넣는 것이 바로 '샌드위치 화법'이다.

남의 장점을 어설프게 표현했다가 역효과가 날 수도 있을 것이므로 잘 간파한 후 적정선에서 언급해주는 일이 필요하다. 특히 타고난 장점보다 노력해서 얻게 된 장점을 인정하고 칭찬하는 것이 효과적이다.

특히 자녀교육에 있어 샌드위치 대화법은 효과적이다. "우리 부모가 뭔가 또 훈계하려고 이러시는구나!"라고 거부감을 한쪽 귀로 드러내면서

도 다른 쪽 귀로 충고를 받아 줄 수 있을 것이다. 친구나 동료 사이, 부부 사이, 때로는 상관에게까지도 샌드위치 화법을 사용할 때 보다 진보된 결과를 기대할 수 있을 것이다. "사람을 경책하는 자는 혀로 아첨하는 자보다 나중에 더욱 사랑을 받느니라"라고 한 잠언의 말씀처럼 관계가 더욱 좋아질 수 있을 것으로 생각한다.

예) 샌드위치 화법·1

수경: 얘, 정화야! 어제 네가 입었던 옷 말야. 정말 색깔도 좋고 디자인도 참 좋더라! 너 옷 고르는 안목 참 별나더구나! 네 분위기와 잘 맞는 옷이던데--- 옷이 좀 끼는 듯해서 보기에 약간 답답하긴 했어!

정화: (약간 기분이 언짢은 듯) 으응, 고마워. 내가 갑자기 살이 쪄 버렸는 걸 어떡하니? 앞으로 살 좀 빼서 입든가 다른 사람을 주든가 해야겠어.

수경: 정화야, 난 네 친구 아니니? 네가 그 옷 입고 다닐 때 혹시라도 나처럼 민망해 하는 사람 있으면 어쩌나 싶어서 미리 말해준 것뿐이야. 넌 몸매가 좋아서 뭘 입어도 우아하잖니? 더 품위 있게 옷을 입었으면 하는 마음 때문에 그랬어. 난 정말 널 사랑한단다. (어깨를 살짝 안아준다)

샌드위치 화법·1의 경우 자칫하면 친구의 자존심을 상하게 할 수 있다. 살찐 몸매로 인해 가뜩이나 자존심이 상해 있는데 부정적으로 보는 친구의 충고로 인해 상처를 받을 수 있기 때문이다. 그러나 옷의 색깔과 디자인을 잘 선택한 안목을 칭찬해 준 이후이기 때문에 충고를 기꺼이 받아들일 수 있었을 것이다. 게다가 "넌 몸매가 좋아 뭘 입어도 우아하잖니?"같은 극찬을 덧붙임으로써 잠시나마 가졌을지 모를 불쾌감이 씻겨졌을 것이다.

상대방에게 충고해야 할 경우 사실상 쉽게 그 말이 나오지 않는다. 충고를 수용하지 못함으로써 공연히 전보다 불편한 관계도 될 수 있기 때문이다. 양약이 입에 쓴 것처럼 자기에게 유익이 될 말은 좋아하지 않는 것이 일반적이다. 충고를 해서 불편한 관계로 남는 것보다 충고 없이 원만한 관계로 있기를 원하는 사람이 많다. 그러나 상대방을 진심으로 아낀다면 때로 지혜와 기술을 동반한 충고를 아끼지 않아야 할 것이다.

'샌드위치 화법'은 상대에 대해 면밀히 관찰하고 연구할 때 구사할 수 있는 화법이다. 비록 수고가 따르지만 상대방의 취지를 인정해주고 숨겨진 장점을 발견하면서 수정할 점을 진심어린 마음으로 전해주는 사람은 그 값을 인정받게 될 것이다. 미련한 사람에겐 절대 충고하지 말라고 경고하는 잠언의 내용을 참고해 볼 때, 아무에게나 샌드위치 화법을 사용할 수 있는 것이 아님을 알 수 있다.

예) 샌드위치 화법 · 2

정수: 지윤아, 넌 왜 밥 먹을 때 꼭 젓가락으로 반찬을 도닥거려 놓는 거지?

지윤: 으응? 뭐 잘못된 것 있니? 흐트러진 반찬들을 가지런히 만들어 놓느라고 그렇게 하는 것뿐인데.

정수: 아, 넌 모르고 있었구나! 자기가 먹던 젓가락으로 반찬을 뒤적거린다는 것은 반찬에다 침을 발라 놓는 것이 되니까 불쾌한 행동으로 비춘다는 것을 말야.

지윤: (상당히 당혹스러운 표정으로) 어머, 나는 그것도 모르고 반찬을 정돈하느라고 그렇게 했다 얘! 미안해, 네가 그런 느낌을 받았다면 앞으로 정말 조심하도록 할게.

정수: 미안할 것까진 없어! 넌 워낙 깔끔하고 알뜰한 성격을 가진 아이라서 그런 행동을 하는 것으로 알아! 언젠가 너희 집에 놀러갔을 때 네 책상서랍에서 볼펜을 네가 꺼낼 때 기가 막히게 잘 정돈되어 있던 것을 보며 속으로 정말 감탄했어!

지윤: 얜 별것도 아닌데(웃으며) ---.

샌드위치 화법·2의 경우 지윤이는 정수가 충고한 내용에 대해 처음에는 불쾌하고 당혹스러웠지만 자신이 깔끔한 성격의 소유자라는 칭찬을 해준 것으로 인해 상해 버렸던 자존심이 회복되었다. 사실상 충고해 줘야 할 말이 있음에도 불구하고 이것을 실천하는 일은 생각보다 쉽지 않다. 자칫 상대방의 자존심을 다칠 수 있는 일이므로 가급적이면 충고하는 일을 피하려고 한다.

그러나 상대방을 인정하고 자존감을 살려 주는 선에서 해야 할 말을 해준다면 충고 이후에 생겨날 관계 훼손을 염려할 필요가 없다. 말하는 사람이 잠깐 힘들어지긴 해도 정직한 충언을 가해준다면 두 사람의 관계가 전보다 더 성숙할 수 있을 것이기 때문이다.

3. 적극적 경청(active listening)

심리학자 T.고든은 경청의 중요성을 언급하면서 수동적 경청(passive listening)과 적극적 경청으로 이를 분류해 설명한다.3) 수동적 경청은 청자가 화자에게 그의 말을 잘 듣고 있음을 표현해주는 것으로서, 화자의 말에 고개를 끄덕이며 '음' 또는 '오'같은 감탄사를 발하는 것을 가리킨다.

또한 적극적 경청은 반영적 경청이라는 용어로 대치되기도 하는데, 화자가 했던 말을 반복해주면서 청자 쪽에서 지금 잘 듣고 있다는 것을 표시하거나, 화자가 하는 말을 쉬운 말로 바꾸어 주면서 화자 스스로 자신의 생각을 정리할 수 있도록 만들고, 해답을 찾아갈 수 있도록 만들어준다. 이 때 주의할 점은 화자에게 조언을 덧붙이거나 비판하는 일은 하

---

3) T. 고든, 『토마스 고든의 리더 역할 훈련 L.E.T』, 양철북, 2003, p.104.

지 말아야 한다는 점이다. 화자가 청자를 신뢰하는 가운데 말하기를 계속할 수 있도록 하는 것이 적극적 경청의 취지이고 스스로 판단하고 결정하도록 이끌어주는 것에 목적을 갖기 때문이다.

예) 적극적 경청

다혜: 소연아, 우리 다음 달에 이사 가.
소연: 응, 이사? 어디로 가는데?
다혜: 홍성읍으로 가.
소연: 응? 홍성읍으로? 조금 멀다.
다혜: 그래, 아버지께서 그쪽으로 발령받으셨어.
소연: 그러면 너 이제 기숙사 생활 하게 될지도 모르겠네.
다혜: 요즘 그 문제 때문에 잠이 잘 안 와.
소연: 가족들과 헤어져 있어야 한다는 것 때문이겠구나.
　　　너희 가족은 유난히 단란한 가족인데 말이야.
다혜: 아, 그것도 그렇고, 엄마가 몸이 불편하셔서 마음 아파.
소연: 어머, 엄마가? 어디 아프신데? 정말 마음 아프겠다. 홍성에서 천안
　　　까지 기차통학도 있긴 한데, 네가 피곤할까봐 그렇고.
다혜: 위암이라고 하는데, 엄마를 위해 통학하는 쪽을 고려하고 있어.
소연: 그래, 엄마 간호하려는 네 마음 잘 알겠어. 넌 잘 해낼 거야.
다혜: 고마워. 소연아.

　소연이는 다혜의 말을 경청하면서 친구의 생각에 전적으로 공감해주는 말을 하고 있다. 다혜의 말을 반복하거나 다혜가 말할 것으로 예상되는 말을 먼저 해줌으로써 깊이 신뢰할 수 있는 친구가 바로 소연이임을 알게 해준다. 또한 다혜로 하여금 자신을 성찰하면서 자기가 처한 어려움을 스스로 타개할 수 있도록 하는 힘을 불어넣는다.
　구약성경에서 솔로몬 왕은 백성의 말을 들을 수 있는 마음을 달라고 간절히 기도했는데, 그는 부귀 장수를 구하지 않고 백성을 다스리기 위

해 경청하는 지혜를 달라고 기도했다. 이에 하나님이 귀히 여기시고 지혜는 물론 그 외에 필요한 모든 복을 주셨다는 말이 성경에 나온다. '듣기는 속히 하고 말하기는 더디 하라' 한 성경의 말씀처럼 경청은 말하기의 핵심이라고 생각한다.

4. 관계적인 사고를 통한 친교의 장 만들기

일대일로 만나서 대화를 하는 경우에 중요한 것은 친교의 형성이다. 친교 형성 여부에 따라 말의 내용이 전달되기도 하고 그렇지 않을 수도 있기 때문이다. 언어로써 나누는 대화는 인간에게 허락된 신의 특별한 선물이다. 인간만이 언어체계를 갖고 있으며 생각과 감정을 나눌 수 있기 때문이다.

그런데 말을 주고받을 때에는 그 말이 상대방에게 잘 흡수되는가를 진단하면서 진행해야 한다. 이는 대중연설의 경우에도 적용되는 것이긴 하나 대중연설의 경우 피드백을 얻기가 용이하지 않을 수 있다. 그러나 개인적인 대화의 경우, 친교가 형성되고 있는가를 확인해 보는 일이 중요하다. 대부분의 사람들은 대화가 마치 자기 생각을 선포하는 장인 것처럼 설득과 주장의 목소리를 키우며 청자의 반응을 관찰하려고 들지 않는다.

사고에는 독백적인 사고와 관계적인 사고가 있다. 한국인의 경우, 전자에 해당하는 사고패턴을 가진 사람들이 많다. 남과 더불어 사고하며 말하는 것보다 자신의 의견을 남에게 일방적으로 주입시키고 전달하는 것에 집착하는 사람이 많기 때문이다. 이러한 태도는 이기적이고 폐쇄적인 삶을 통해 형성되었다고 보며 독백적인 사고에 따른 결과라고 할 수 있다.

청자의 반응에 대한 일말의 살핌도 없이 일방적으로 말을 쏟아 붓는 식으로 말하는 것은 진정한 의미의 대화가 아닌 일종의 언어폭력이 아닐 수 없다. 특히 윗사람의 말이기 때문에 중단시킬 수 없는 상하관계에서 이런 일이 자주 생겨난다. 아랫사람은 자리를 떨치고 일어날 수 없는 입장에 있기 때문에 끝까지 견디면서 경청하게 되는 우스꽝스런 일이 우리 주변에서 흔히 벌어지곤 한다.

특히 우리사회의 경우 존장(尊長)사상에 길들여져 있기 때문에 연장자의 말을 아랫사람이 일방적으로 들어야 할 때가 많다. 물론 청자 측에서 화자의 말에 반응을 보일 필요가 있으며 말할 때에도 아랫사람으로서의 예우를 차리면서 존칭어로 말해야 할 것이다.

또한 우리사회에는 상사와 아랫사람 사이에 갑과 을의 관계가 설정되어있어서 한국인의 대화시간이 친교의 장으로서의 의미를 잃을 때가 많다. 일방적인 주입과 우격다짐으로 끝나는 자리가 되기 때문이다. 이러한 현상은 경직된 유교문화 속에서 대화의 모범사례를 접해 본 적이 없었고 말하기 교육이 부재했기 때문에 생겨난 현상이라고 본다. 그러나 이제 사람과 사람 사이의 진정한 나눔을 위해서 대화의 기술과 지식이 필요하다는 사실을 절감하게 됨은 그나마 다행스러운 일이다.

제4장

말하기의 영역

제4장 말하기의 영역

1. 화자

1) 화자에 대한 요구

말하는 사람에 대한 여러 종류의 요구가 있다. 적절한 예를 들면서 말해야 한다든가 손짓 발짓을 동원해야한다든가 목소리에 높낮이가 있어야 한다는 등 다양한 요구가 화자를 향해 있었기 때문이다. 그러나 말을 전달하는 일에 있어서 가장 중요한 것은 그 사람의 인격이고 존재이다. 말은 인격의 거푸집이며 하이데거의 표현처럼 '언어가 존재의 집'이기 때문이다.

말이 끼치는 위력은 한 사람의 내면세계의 지형에 의해 좌우된다. 마음속에 어두움이 있거나 깨끗하게 정리되어 있지 못한 경우, 아무리 아름다운 수사를 동원하면서 말을 한다고 해도 그 말 속에 생명감이 없고 따라서 공감력이 수반되지 않는다.

본장에서는 말을 잘하는 기교를 강조하기보다 말 속에 동반되어야 할 삶의 진실과 가치에 대해 언급하고자 한다.

(1) 말의 위력은 삶에서 생겨난다

"사람됨을 잘 교육시켜 놓으면 공부는 저절로 잘하게 된다"라는 말이 있다. 이 말을 확장해서 해석한다면 "한 사람의 인성이 변할 때 그의 모든 것이 달라진다"라는 말도 된다. 언어 또한 사람의 인성과 깊은 관련을 갖고 있다. '언어는 존재의 집'이므로 존재가 달라질 때 그 말이 달라질 수밖에 없다.

처칠과 링컨은 청중의 마음을 사로잡는 연설을 했고 루스벨트 또한 청중의 마음을 흔들어 놓는 명연설가로 손꼽힌다. 물론 이들의 언어표현 방법이 걸출했던 것을 인정하지만, 무엇보다 주목해야 할 사실은 이들이 사용했던 언어이고 언어를 뒷받침하는 격조 높은 삶이다. 한 사람이 사용하는 언어의 질은 그가 영위해 온 삶의 질에 의해 좌우된다.

요즈음 얼굴성형이 유행하고 있다. 얼굴성형을 통해 자화상을 밝게 만들고자 하는 욕망은 딱히 나무랄 일은 아니다. 그러나 보다 중요한 내면의 얼굴로서의 언어를 성형하는 일이 그에 앞서야 한다고 본다. 정확하고 감동적인 말로써 상대방을 감동시키고 이로써 자화상이 밝아지는 일이 우선되어야 할 것으로 생각한다.

언어성형은 한 사람의 사고능력을 쇄신시키고 삶의 의미를 새롭게 조명하는 역할을 한다. 그러나 얼굴을 바꾸듯이 순간적으로 언어를 바꿀 수는 없다. 언어성형에는 오랜 시간의 훈련과 노력이 요구되기 때문이다.

한 사람의 언어가 청중을 사로잡는 위력과 감동을 수반할 수 있다면 그 사람은 이미 성공한 화법의 소유자이다. 링컨이나 처칠이 바로 그런 사람들이었으며 그들의 감동적인 화법은 진실한 삶과 감동적인 체험에 토대하고 있다.

링컨은 말이 느리고 어눌했던 사람으로 알려져 있다. 그러나 그에게서

게티즈버그의 명연설이 나왔고 그 밖에 수많은 미국인을 감동시켰던 연설의 현장이 있다. 그는 또한 유머에도 능했던 사람이다. 이는 링컨이 선천적으로 유머감각을 갖고 태어났기 때문이 아니라, 불우한 성장환경을 겪고 불안한 결혼생활 속에서도 성실히 살면서 삶의 현장으로부터 초월한 상태에 있으려 노력했던 모습에서 연유하는 것으로 전해지고 있다. 유머감각은 환경과 문제를 초월하려 할 때 주어지는 선물이라고 한다.

삶은 한 사람의 언어를 좌우하는 원동력이자 기폭제이다. 물론 화법훈련을 열심히 받고 말하는 자세를 터득하는 것도 중요하며, 말을 잘하기 위해서 갖춰야할 요소이지만 이보다 앞서 갖춰야 할 것이 바로 질 높은 삶을 사는 일이다. 그럴 때 그 사람의 말에 힘과 지혜가 실린다.

지금 우리 사회에는 스피치 학원과 화법을 훈련시키는 교육원이 많이 생겨나고 있다. 아직까지 말의 필요성을 절감하지 못했던 우리이니만큼 말에 대한 관심이 고조되고 있는 것은 고무적인 일이다. 그러나 교육프로그램만으로는 현상만 변화시킬 수 있다고 본다. 화법교육에서도 이러한 모습이 재현되는 것은 아닐까 하는 우려가 있다.

포퓰리즘 시대이니만큼 감성스피치를 해야 한다고 강조하는가 하면 재미를 따라 이리저리 대중을 울리고 웃기는 유머 아닌 비속어까지 동반되는 화법교육이 시행되고 있다. 무엇보다 단기적인 효과를 목적으로 하는 화법교육이 성행되고 있는 현실이다. 그러나 사람의 심금을 울리고 말의 내용이 잘 전달되기 위해서 일차적으로 요구되는 것은 진실성이다.

사람이 어떤 말을 하게 되면 그 진실의 농도가 얼마인가에 대해 궁금증을 갖지 않을 수 없다. 너무 장황한 말을 듣게 되면 혹시 자기 선전하려는 것은 아닌가 하는 의혹이 들며, 화려한 수식어가 동원된 말을 듣게 되면 욕심이 들어간 발화로 여겨지는 것을 어찌할 수 없다. 진실이 들어간 말은 맑고 간결하기 때문이다.

(2) 말로 표현하지 못할 생각은 가치가 없다

사람들 앞에서 갑자기 무슨 말을 해야 하는데 언어로 잘 정리되지 않아 곤혹을 치른 경험이 누구나 한번쯤 있을 것이다. 물론 생각한 것을 글로 옮겨 쓸 때에도 이런 현상이 나타난다. 그러나 글의 경우, 혼자만의 시간과 공간을 허락받아 조용히 쓸 수 있는 것이기 때문에 상황에 수반되는 위기감이 덜하다.

말의 경우는 일촉즉발(一觸卽發)의 순발력을 생명으로 하기 때문에 대중 앞에서 느끼는 당혹감이 글의 경우보다 몇 배 더하다. 그럴 때 딱히 준비된 말을 찾지 못한다면 무척 당황하게 될 것이다. 말할 내용을 머릿속에 정리하지 못한 상태에서 어떤 말을 하도록 강요받을 때가 종종 있는데 이때 다음의 자세를 갖는다면 도움이 될 것이다.

"말로 표현하지 못할 생각들은 대체로 가치 없는 생각들이 아닐까? 핵심이 분명하지 못한 생각들이 머리 속을 채우고 있기에 말로 발설하는 일이 이렇게 어렵다면 이제부터 내 생각들을 구조조정 하리라!" 하는 식으로 자신에게 외치면 점차 생각의 쭉정이들이 시들게 될 것이고 알곡같은 생각들이 점점 더 머리 속을 채우게 될 것이다.

우리 뇌에서는 수많은 생각과 느낌들이 교차한다. 우리의 의식 층위에서 행해지는 것들과 무의식 속에 부유하는 생각과 느낌의 덩어리들이 있다고 한다. 인간의 머릿속은 천체의 별빛만큼이나 현란한 흐름과 파장들이 교차한다는 것이다. 그런데 "말로 표현 못 할 생각은 하등의 가치가 없다!"라는 생각을 품고 있게 되면 이리저리 부유하던 혼잡한 생각과 느낌들이 정리되는 효과가 있으며 그 중에서 가장 선명한 생각의 줄기들을 건져 올릴 수 있을 것이다.

예를 들면 '통일에 대해 어떻게 생각하나요?'라는 질문을 받았다고 하자. 이때 사실 어느 부분에서 이를 표면화시켜 발언해야 할지 막막해진다. '통일'이라는 말의 덩어리에 대해 평소 감지하고 있는 것이 있긴 했지만 구체적으로 체험한 내용이 빈약하다면 서두가 막막할 수밖에 없다.

그러나 요즘 심각한 화제가 되고 있는 취업과 관련해서 말을 꺼내본다면 이야기가 술술 풀려나올 수 있을 것이다.

"이젠 우리 한국도 경제 불황을 이대로 지켜만 보는 것보다 뭔가 새로운 일을 벌이면서 일자리 창출에 힘쓰는 것이 좋을 것 같은데 통일이 이에 기여할 것으로 기대합니다"라고 말하는 것도 괜찮을 것이다. 아무튼 국민의 한 사람으로 갖는 어떠한 종류의 의견이라도 표현해 낼 수 있는 용기와 순발력이 필요한데, 이는 평소 그 사람의 생각 속에 가치 있는 생각이 내재되어 있을 때 가능한 것으로 본다.

반면에, 국민의 한 사람으로 이런 심각한 시국에 대해 이렇다 할 견해가 없다면 그는 자신의 사고가 나태하거나 빈약한 상태에 있는가를 성찰해봐야 할 것이고, 사회를 향한 무관심 내지 냉소적인 삶을 살고 있지 않은지 돌아봐야 할 것이다.

결국 화법교육이란 단지 말하기의 기술과 방법을 목적으로 하는 것이 아니다. 사람과 사회를 향한 진지한 관심 속에서 관계적 사고를 하는 것이 필요하며 이러한 요구가 기술적인 화법교육을 우선해야 한다.

결국 "말로 표현 못 할 생각은 가치가 없다!"라는 생각을 마음 깊이 새기면서 자신과 자신이 처한 사회와 상황에 대해, 나아가 세계에 대해 적극적으로 사고하고 분석하며 판단하는 삶을 살 때 그 사람의 화법은 자연히 윤택해지고 공감능력도 수반하게 될 것이다.

(3) '비언어적 대화'(non_verval communication) 사용의 중요성

사람의 혀를 통해 전달되는 커뮤니케이션의 양은 불과 7%에 불과하다고 한다. 표정과 몸짓과 의상 등으로 표현되는 비언어적 대화의 비중이 나머지를 차지한다는 뜻이 된다. 이러한 사실은 음성으로 발화하는 언어적인 화법교육에 치중해 온 사람들이 주시해야 할 점이며 특히 영상시대에 걸맞은 비언어적 대화기법이 더욱 개발되어야할 필요성을 느낀다.

• 옷은 스스로 말한다

"옷이 날개다"라는 말이 있듯이 한 사람의 옷매무새는 그 사람을 대표하는 표상문자라고 할 수 있다. 특히 우리 사회와 같이 차림새로 사람을 평가하는 사회에서는 더더욱 옷차림새에 신경을 쓸 필요가 있다.

아무리 맛있는 과자라고 해도 적절한 디자인과 색조로 포장되어야 소비자의 구매효과를 부추길 수 있듯이 사람의 의상 또한 동일한 기능을 갖는다.

청중 앞에서 말을 할 때, 화려한 옷을 입을 필요는 없겠지만 색깔에 대한 배려, 디자인과 옷매무새 등에서 그 분위기에 걸맞은 비언어적 요소들이 수반되어야 할 것이다. 그렇게 할 때 청중이 화자에게 갖는 친화력이 더해지고 공감력도 증진될 수 있기 때문이다. 청중에게 전달된 친화력은 화자에게 되돌아오게 되고 이것이 화자의 발표의욕을 더욱 북돋아 주는 시너지 효과를 낼 수 있을 것이다.

반대의 경우, 청중에게 생산적인 긴장감을 주기 어렵고, 말하는 사람 역시 청중을 향해 무의식적인 부담을 느낄 수 있으므로, 이미지 연출에 고심하는 일이 중요하다고 본다. 옷, 머리모양, 소품들을 적절히 사용하면서 청중과의 친밀감을 더할 때, 똑같은 말을 하더라도 10% 이상의 공감효과가 생겨날 것으로 본다.

• 눈을 똑바로 뜨고 청중을 보며 고개를 숙이지 말 것

한국사회에서는 어른 앞에서 눈을 똑바로 뜨고 말하는 것을 금기로 여

겨 왔다. 어른 앞에서는 시선을 약간 비껴가며 말하는 것을 예의로 여겼기 때문이다. 오랜 유교적 전통으로 인한 존장사상이 이에 일조하고 있다. 그러한 태도를 윗사람에 대한 예우로 해석할 수도 있겠지만, 민주사회인 오늘날에도 동일한 모습을 강조한다면 문제가 있다.

"눈은 마음의 창이다"라는 말이 있듯이 한 사람의 눈은 내면의 의미를 전달해 주는 중요한 '비언어적 대화'이다. 그러나 대중 앞에서 말하다 보면 자신도 모르는 사이에 눈이 원고로 내려앉거나 허공을 보는 경우도 생긴다. 자신을 주시하는 청중의 시선에 대한 부담 때문이다. 이러한 현상이 거듭되면 청중들로부터 외면당하는 발표를 하게 된다.

많은 사람들의 시선이 자신에게 쏟아질 때 부담감을 느끼는 것은 어쩔 수 없다. 시선에 대한 부담감이 큰 만큼 시선에 대비한 연습 또한 필요하다. 그의 일환으로 강한 조명 밑에서 말하기 연습을 하는 경우도 있다. 모니터상의 선명도를 위해 준비된 조명이긴 하지만 강도 높은 조명 앞에서 말하는 훈련을 하다 보면 다수의 시선이 주는 위압감에 대처하는 힘도 생긴다고 한다.

듣는 사람의 눈과 표정을 살피면서 화자가 말하게 되면 커뮤니케이션의 효과가 극대화된다. 말의 목적이 화자와 청자 사이의 소통에 있는 것이므로 상대방과 눈을 맞추면서 표정을 살피는 습관을 길러야 한다.

상대방의 눈을 바라보며 말할 때 얻게 되는 또 다른 이점은 청자로부터 받게 되는 신뢰와 안도감이다. 사람의 눈빛을 정확하게 짚어 주면서 또박또박 말할 때 청자는 자신이 신뢰의 대상으로 인정받고 있다는 생각을 하게 되며 이로서 훨씬 성의있게 듣게 되고 화자의 의욕을 부추겨 주는 시너지 효과를 만든다.

(4) 자기만의 개성적인 생각을 전할 것

대중 앞에 설 때 중요한 관건 중 하나는 상대에게 전할 자기만의 독특한 생각과 느낌이 준비되어 있느냐이다. 사실상 개성적인 생각과 느낌은 즉석에서 준비될 성질의 것이 아니며 화자의 삶 속에서 꾸준히 축적되고 형성되어 온 재산이라고 할 수 있다.

또한 화자가 자신의 말을 기꺼이 경청해 줄 청중을 연상하면서 말하는 태도도 필요하다. 비록 전달내용이 좀 미흡한 면이 있다고 해도 자신에게는 그러한 최면을 거는 일이 필요하다. 스스로 하찮은 말을 하고 있다고 폄하하며 말하게 되면 청중의 듣는 자세에도 영향을 준다. 자신이 가치 없게 생각하는 것을 타인이 가치 있게 들어줄 리 만무하기 때문이다. 청중에게 들려줄 내용이 아직껏 지상에서 아무도 말해 보지 않은 독창적이고 개성적인 것이라는 자부심을 갖게 될 때 전달효과가 극대화된다. 물론 그러한 자부심을 갖도록 스스로 철저히 준비하는 것이 우선되어야 한다.

이상에서 말한 바와 같이 청중에 대한 부담감을 최대한 줄일 수 있는 방법은 말 내용 그 자체이다. 갑남을녀가 말해 왔던 평범하고 일반적이며 진부하기까지 한 내용을 새삼 들려주는 일은 화자 스스로 자신감을 떨어뜨릴 뿐 아니라 청자의 태도까지 산만하게 만든다. 개성적이고 창조적인 말의 내용을 철저히 준비하는 일, 그것이 성공적인 말하기의 핵심이다.

(5) 침묵의 적절한 사용

명연설가인 처칠도 연설할 때 물 흐르듯이 하는 유창한 화법을 쓰지 않고 행과 행을 띄어 시를 낭송하듯이 중간 중간 침묵을 섞어가며 연설했다고 한다. 또한 말을 시작하기 전에 사용하는 침묵은 좌중을 위압하는 힘을 갖게 되며 중간에 섞어 넣는 침묵은 청중의 이해력을 돕는 소화제역할을 한다. 연설내용이 담긴 원고를 줄줄 읽어 내려가다시피 하면서 청중에게 생각할 틈을 주지 않는 급행열차식 연설을 하는 사람의 경우 청중과 자신을 고립시키는 결과를 낳게 된다.

쉬지 않고 빨리 말하는 화자 앞에 청중이 취하는 방어기제는 '걸러 듣기' 또는 '졸기'이다. 두뇌는 스스로 입력시키기에 벅찬 내용이나 내키지 않는 내용을 입력하도록 강요받게 되면 걸러내거나 졸음을 청하면서 스스로를 완화시킨다고 한다. 사실상 문장을 써 내려갈 때에도 이러한 현상은 마찬가지로 나타난다. 단락구분을 하지 않거나, 쉼표를 찍어야 할 곳을 명시하지 않았거나, 문장 호흡이 너무 긴 나머지 어디가 주어이고 서술어인지 알 수 없는 글을 읽을 때 독자의 두뇌에 과부하가 옴으로써 글의 내용을 듬성듬성 읽을 수밖에 없이 된다.

침묵을 사용하는 것은 듣는 사람의 입력과정을 도와주기 때문이며 청중의 이해도를 높일 뿐만 아니라 말하는 사람 자신도 발화내용을 음미하며 피드백을 스스로 해볼 수 있는 여유를 갖기 때문에 침묵이 필요하다.

빠른 속도가 미덕이 되어 버린 초스피드 시대를 살다 보니 우리가 쓰는 말도 자꾸 빨라지게 되었다. 그러나 빠른 말은 마치 음식을 입 속에서 음미하지 않고 삼켜 버리는 것과 같으며, 말하는 사람이나 듣는 사람 모두에게 소화불량을 야기시킨다.

(6) 철저한 사전 준비

이상에서 말한 사항들을 모두 준수한다 해도 철저한 사전 연습을 해두지 않으면 말의 짜임새가 부족하거나 돌발사태가 생겼을 때 당황하는 일도 생긴다. 화자가 말하는 도중에 청자 중 하나가 문을 열고 나가는 일이 생긴다거나 옆 사람하고 웃으며 잡담하는 장면을 목격할 때 훈련이 부족한 화자는 당황하게 된다. 부질 없는 자괴감도 갖기 쉽다. 그러나 "저 사람은 필시 무슨 급한 일이 있나보다" 또는 " 저 사람이 저렇게 하는 것은 평소 습관 때문일 거야!"라고 받아들여야 할 것이다.

청중의 산만한 태도에 당황한 나머지 준비해 간 내용을 잊는 경우도 있으며 좀 더 다양한 예를 들어 가면서 말할 수 있음에도 위축되어 버리는 경우가 있다. 그러나 충분한 연습을 해 둔다면 어떤 돌발적인 상황이 발생하더라도 자신감을 갖고 돌발 사태에 대해 유연성 있게 대처하는 모습도 보여줄 수 있을 것이다.

2. 청자

1) 청자에 대한 요구

(1) 우호적인 경청 자세

이에서 말하는 경청 자세는 대중 연설 시에 청중이 갖춰야 할 예우를 가리킨다. 우리 주변에서 쉽게 보곤 하는 모습 중 하나가 강단에서 말하고 있는 화자의 진지한 태도에 비해 청중의 태도는 진지함을 갖추지 못하는 점이다. 웃어줘야 할 때 함께 웃어 주고 감동 있는 말을 들을 때 함께 감동할 수 있는 모습이 아쉬워지는 요즘이다. 청자의 태도는 그 연설의 질까지 좌우한다.

좌중에서 잡담하는 모습이 보인다든지 청중의 시선이 다른 곳을 향한다든지 할 때 화자는 당황하게 된다. 예전 같으면 강의시간에 들어오고 나가는 일이 금기로 여겼지만 요즘은 당당하게 문을 열고 들어오거나 나가는 일이 예사롭다. 연단에 선 강사가 아무리 유능한 사람이라고 해도 이러한 상황에 처하면 긴장하지 않을 수 없게 된다. 문소리를 크게 내면서 밖으로 나가는 모습을 보거나 아무 긴장감 없이 문을 열고 들어오는 청자를 보게 되면 강의의 맥락이 흐트러지거나 진행내용을 잊어버리는 경우도 있다.

청자는 화자로부터 눈을 떼서는 안 될 것이다. 화자에게 집중되는 좌중의 시선은 마치 엔진과도 같은 역할을 하기 때문이다. 강사의 눈을 바라보면서 그의 말을 경청해 주는 표시로 고개를 끄덕거리거나 웃음으로 화답해 주는 것은 강사에게 긍정적인 피드백을 주는 것이 되므로 강의를 역동적으로 만들고 결국 자신에게도 유익한 결과를 낳는다.

(2) 적극적인 대답과 질문

강의 시 강의자의 질문에 답해 주는 사람의 숫자가 점점 적어진다. 답할 자신이 없는데 굳이 오답을 해서 무안당할 필요가 없다고 생각하는 사람이 많다. 청자의 적극적인 대답과 질문이 있을 때 강의자의 강의에는 창의력이 주어지고 추진력도 생겨나기 때문에 듣는 태도가 수동적인 사람들을 대상으로 해서 강의하는 일은 쉽지 않다.

영화 자막을 보듯이 멀찌감치 앉아 강의시간이 흘러가기만 기다리는 청중들이 있고 교수가 묻는 말에 눈만 멀뚱거리면서 앉아 있다가 나가는 학생들도 많은 요즘이다. 대부분의 강의자들은 자기가 질문했던 문제에 대해 혼자 대답하거나 답을 애걸하는 장면도 쉽게 본다.

현대에 이르러 다양한 종류의 시청각 매체가 등장하면서 교수자와 학습자가 눈을 마주치는 모습도 사라지게 되고 좌중의 시선이 영상물 쪽으로 향하면서 집중력 역시 분산되는 실정이다. 청중의 나이가 어릴 경우 시청각 교재를 많이 쓰는 것이 효과적이지만 성인일 경우에는 오히려 교육적인 효과가 반감한다는 조사결과도 나와 있다.

가르치는 자와 배우는 자 사이에 질문과 답을 통한 심리적 교류가 활발

해질 때 가르치는 사람은 가르치면서 배우게 되는 교육의 부가적인 효과가 생겨나므로 강의 시엔 화자와 청자가 서로 주고받는 대화식 강의가 가장 바람직하다.

(3) 앞자리 채워서 앉기

강의실은 물론 교회나 영화관까지 앞자리가 많이 비어 있는 요즘이다. 강의자를 향한 시선 처리 때문에 강의자와의 적절한 거리를 확보한다는 것이 이유인데 사실상 이는 현대인의 증후군 중 하나인 '간접화' 현상에서 비롯된 것으로 본다.

현대인은 관계 맺는 일에 있어서 예전과 같은 직접적이고 끈끈한 관계 맺음을 부담스러워 한다는 것이다. 언제라도 관계의 끈을 풀어헤치고 남남으로 돌아설 만반의 준비가 되어 있는 현대인이라는 것이다. 인간과 인간, 인간과 사물 사이의 관계맺음에 있어 건조하고 단절된 태도가 생겨나는 것은 물질문명이 극도로 발달한 이 시대의 특징이자 자연을 멀리하면서 비인간화되어가는 현대인의 삶에서 비롯되었다.

강의 시 앞자리에 앉게 되면 아무래도 강의자의 시선이 자주 와닿기 때문에 부담이 된다. 강의자 역시 앞줄에 앉은 사람의 얼굴을 기억하게 되고 강의 도중 그들과 말을 주고받기 쉽다. 따라서 강의자와의 끈끈한 관계맺음을 부담스러워 하는 청중들은 뒷자리를 선호하게 되며, 이러한 이유로 현대의 강의실 및 회의실의 앞자리는 자꾸 비어 간다.

그러나 강의실에 들어섰을 때 맨 앞자리가 비게 되면 강의자의 마음에도 그 공백만큼의 공허감이 생겨난다. 반대로 앞자리에 사람들이 꽉 차 있을 경우에는 청중이 적극적인 관계맺음을 갖고 싶어 하는 표시로 받아들여지면서 좌중을 향한 열정적인 강의의욕이 자연스럽게 생겨나게 된다.

(4) 적극적 경청(active listening)

이에서 말하는 경청은 두 사람이 대화할 때 요구되는 청자의 경청을 가리킨다. '적극적 경청'이란 화자가 말하는 내용을 청자가 적극적으로 공감하면서 화자의 감정과 생각을 청자의 감정과 생각으로 요약해서 확인해주는 것이다. 이로써 청자가 화자의 말을 정확하게 잘 듣고 있다는 표시를 해주는 것이 되며 화자가 자신의 혼돈된 생각들을 정돈할 수 있게 하는 효과가 있다.

'화법'에서 설명했던 바와 같이 '나 말하기'와 '적극적 경청' 화법은 별개의 것이 아니다. 이들은 마치 동전의 앞뒷면 같다.

'나 말하기'는 화자 편에서 청자로 인해 겪은 생각과 감정을 청자에게 정확하게 묘사해 줌으로써 청자 스스로 생각을 정돈하고 책임을 느끼게 하는 효과가 있는 한편 '적극적 경청'은 청자의 입장에서 화자의 말을 면밀히 듣고 있음을 표현하고 공감해줌으로써 화자 스스로 책임을 느끼고 판단하고 결정하도록 만드는 경청법이다.

'나 말하기'와 '적극적 경청'을 통해 얻을 수 있는 효과는 전자의 경우 '듣는 사람'이, 후자의 경우 '말하는 사람'이 각기 자신이 처한 입장을 이성적으로 이해하고 판단할 수 있게 만들어 주고 책임의식을 동반한 판단과 행동을 유도하는 화법이라는 점이다.

> 예) 소음 민원에 대한 '적극적 경청'
>
> 여인: 정말이지, 이건 하루 이틀도 아니고 매일같이 꿍꿍대는 개소리가 바로 제 방의 창밑에서 들려오는 통에 정신이 확 돌아 버릴 정도예요. 공부를 할 수 있나요? 책을 볼 수 있나요? 그 집 식구들은 제 말에 움쩍도 안 해요.
>
> 구청직원: 뒷집 할머니 댁에서 아주머니의 말을 들어주지 않는다는 것 때문에 아주머닌 화가 몹시 나신 것이로군요.

여인: 맞아요. 그렇지 않겠어요? 저 같으면 미안하다고 몇 번씩이나 사과했을 텐데. 그 집 사람들은 멀뚱멀뚱 쳐다보기만 해요.

구청직원: 아주머니, 정말 화가 많이 나실 수밖에 없으셨겠네요. 저도 개짖는 소리는 딱 질색이거든요.

여인: 지난 주엔 40만 원을 들어서 이중창까지 만들었는데 그분들은 그것에 대해 미안하단 말 한마디도 없는 거예요. 저 같으면 미안해서라도 20만 원쯤은 쥐어 줬을 거예요.

구청직원: 아주머닌 굉장히 도덕적이신 것 같네요. 그런데 그 사람들은 도무지 미안하게 생각하지 않을 뿐더러 40만원 들여 이중창 설치한 것에 대해서도 그냥 지나쳐버리고 말았단 거죠?

여인: 정말 그렇다니까요! 정상적인 사람이라면 그럴 때 뭔가 표현해 줘야 하는 거 아녜요?

구청직원: 그렇군요! 아주머닌 이웃집에서 아무 사과의 표현이 없다는 것 때문에 이렇게 화나시게 된 거죠?

여인: 그럼요! 저도 남의 집 재산을 존중하는 사람인데 도둑 지키라고 사다 놓은 개를 없애 달라고까지 말하겠어요? 단지 조심을 좀 해달라고 부탁했을 때 그 집 식구들이 보인 무관심 때문에 이렇게 화가 나 있는 거죠. 그래 놓고 저더러만 과민하다고 말하는데 정말 화가 나 죽겠어요.

구청직원: 아주머니, 안타깝게도 개짖는 소리에 대해선 이렇다할 소음공해 규정이 없네요. 그런데 말씀을 가만히 듣고 보니까 아주머니께서 화가 나신 이유가 개소음 때문이 아니라 그 집 식구들이 미안하다고 사과하지 않은 것 때문인 것 같아요. 그렇다면 제가 다음 주 수요일에 할머니 댁에 출장을 나가서 아주머니의 고충을 말씀드리겠습니다.

여인: 고마워요. 구청에 와 이런저런 말을 하니까 왜 화가 난 것인지를 알게 되었고 정말 원하는 바가 무엇인지 확실히 알게 됐어요.

구청직원의 적극적 경청	적극적 경청으로 인해 화자가 깨달은 내용
① "정말 화가 많이 나실 수밖에 없으셨 겠네요" ② "아주머닌 굉장히 도덕적이신 것 같 아요"	① 자신이 화가 난 근본이유를 발견함 ② 자신의 도덕성을 구청직원에게 인정받은 것 에 대한 기쁨과 부담감

위의 대화에 나오는 여인은 그간 감정에 휘말려 자신이 정말로 원했던 것을 잊고 있었는데 구청직원이 적극적인 경청을 해줌으로써 여인이 원하는 점이 이웃의 진심어린 사과라는 점을 알게 된 것이다.

일반적으로 '적극적 경청'이 잘 안 되는 이유는 화자의 문제를 해결해줄 수 있는 방법이 청자인 자신에게 있다고 믿기 때문에 들어주기보다 말하기를 앞세우는 데에서 비롯된다. 그러나 조용히 경청하면서 적극적으로 상대방의 말을 들어주면 화자 스스로 해결책을 발견하게 된다.

'나 말하기'와 '적극적 경청'이 잘 안 되는 이유는 상대방을 가르치고 판단하며 훈계해 줘야 할 사람이 바로 자기 자신이라고 여기는 성급하고 이기적인 생각 때문이다.

제5장

화제

제5장 화제

1. 설명적 말하기

설명적 말하기는 말하려고 하는 주제를 알기 쉽게 풀어서 설명해주는 것으로서 이유나 원인, 사례 등을 열거하면서 말해주는 논리적인 서술방식의 말하기이다. 지식이나 정보 전달을 목적으로 하면서 청자가 모르는 것을 알도록 해주며, 때로 청자의 이해력을 돕기 위해 대조 대비, 강조 부연하면서 말하려고 하는 대상이나 상황을 보다 구체적으로 드러낸다. 설명적 말하기에는 다음과 같은 것들이 있다.

1) 자기소개하기

사람을 처음 만났을 때 청자에게 자신에 대한 정보를 알려주고, 인간 관계를 처음으로 형성시키는 화법이다. 소개를 통해서 모르던 사람과의 관계가 열리므로 소개를 잘하고 못함에 따라 사람의 관계가 좋아지기도 하고 나빠지기도 한다. 그러므로 소개할 내용과 방법을 제대로 알고 수행하는 것이 중요하다.

흔히 현대를 자기홍보 시대라고 말한다. 자신을 잘 요약해서 드러낼 수 있는 선명한 언어가 필요하다. 자신을 잘 드러내기 위해서는 어떤 것이 필요할까? 소개 양상은 상황과 목적에 따라서 다양하게 나타난다. 상황에 따른 자기소개 유형은 성찰형 자기소개와 면접형 자기소개가 있다. 성찰형 자기소개는 소개하는 본인이 주 대상이 되고, 성장배경과 성격의 장단점, 삶의 목표 및 그에 따른 준비와 각오 등을 소개하는 경우가 일반적이다. 이에 비해서 면접형 자기소개는 취업시 필요한 것으로서 본인이 지원하는 특정 업체의 면접관에게 서술한다는 점과 성장배경, 성격의 장단점 등이 지원동기 및 포부와 일관성을 가져야 한다는 점에서 성찰형과 확연하게 구분된다.

예) 자기소개 1(성찰형)

　저는 19살 되던 때부터 일년 동안 현대 모비스 생산라인에서 일을 했으며, 그해 연말에 육군에 입대를 하였고 2009년 11월 만기 제대를 하였습니다. 또한 2010년부터 2011년까지 페밀리 레스토랑 주방에서 근무를 하였고 2012년 OO대학교에 입학을 하였습니다.

　사회생활을 먼저 하고 뒤늦게 대학에 입학한 이유는 안정적이고 수입이 많은 것도 중요하지만 삶에 있어 정말 재미없는 기계적 삶을 살고 있다는 생각에 내가 하고 싶어 하는 것이 무엇인가를 찾고 싶었기 때문입니다.

　유년기 시절부터 음악을 사랑했고 음악을 만들고 싶어했고 노래를 하고 싶어했던 마음이 컸기에 방송미디어학과에 입학을 하게 되었습니다. 성장하는 과정에서 저희 아버지를 보며 느낀 점은 "거짓말 하지 말자! 맡은 일을 충실히 잘하자! 인생을 즐기자!"입니다. 그래서 제가 가정을 이루게 되는 날엔 위와 같은 가훈을 만들고 싶습니다.

　2014년 4월에 직업선호도검사와 MBTI 성격유형검사를 하였습니다. 그 결과 직업선호도검사에서는 육각형 모형 그래프에서 예술형이 가장 높았고 그 다음으론 관습형. 사회형, 현실형, 진취형이 순서였고 가장 낮은 점수를 받은 것이 탐구형이었습니다. MBTI 성격유형검사에서는 ESTJ가 나왔습니다. ESTJ는 구체적이고 현실적이며 사실적이다 일을 조직화시켜 처리해 나가며 지도력이 있다 라는 결과가 나왔습니다 비록 탐구심이 부족하다고 검사결과가 나왔지만 누구보다 고민 많이 하고 생각하는 가운데 일을 잘 풀어 가려고 노력하는 저입니다 특히 제가 가장 좋아하는 음악부분에 있어서 누구보다 빼어난 기량을 발휘하고자 노력하고 있습니다

저는 대학교 때 음향 엔지니어로서 수업을 진행을 하였고 과목에 있어 사운드 디자인이라는 수업을 잘 이수하였습니다. 영상작업 후 BGM도 직접 만들어 삽입을 하여 작품을 만들었습니다. 저는 앞으로 음악감독이 되어 좋은 작품에 좋은 노래를 삽입하고 감동을 이끌어 낼 수 있는 감독이 되어 열정적으로 일하고 싶습니다.

예) 자기소개 2(면접형)

성장배경

어릴 적부터 부모님은 함께 장사를 하셔서 저녁 늦게 들어오시곤 했습니다. 부모님께서 저희를 위해 힘들게 장사하시는 걸 보고 남을 위해 희생하는 법을 배우고 열심히 노력하다 보면 언젠가는 반드시 그에 따른 보상을 받을 수 있다고 생각하게 되었습니다. 늦게 들어오시는 부모님으로 인해 초등학생 때부터 집에 혼자 있는 시간이 많아서 웬만한 일에는 혼자서 해결할 수 있게 되었습니다.

혼자 있는 시간이 많아서인지 저는 조용한 성격을 가지게 되었습니다. 남들 앞에서 나서서 무엇인가를 하지는 않지만 뒤에서 조용히 제 할 일을 하고 남에게 피해를 끼치지 않고 최대한의 도움을 주려고 합니다. 부모님께서는 물질적인 것보다 정신적인 풍요로움을 중요시 하셨습니다. 이런 집안 환경을 바탕으로 가정의 화목함과 자매간의 우애를 부모님께 배우며 자랐습니다.

또한 부모님께서 직접적으로 가르쳐 주시진 않았지만 늘 최선을 다해서 책임감을 갖고 살아가는 모습을 몸소 보여주셨습니다. 그런 행동들이 저에게는 더 큰 감동으로 다가왔습니다. 그 덕에 저는 무슨 일을 하든 성실하게 제가 맡은 일에 최선을 다하고 있습니다.

성격의 장단점

고등학교 때 담임선생님께서 '포기는 실패한 인간들이나 하는 것이다.' 라고 말씀하셨습니다. 저는 항상 긍정적이고 밝은 사고를 하려고 노력합니다. 이러한 사고 덕분에 어려운 일에 부딪혀도 포기하지 않고 끝까지 저에게 주어진 일은 완수합니다. 어떤 문제가 있으면 문제의 원인을 찾아내어 해결하는 것이 저의 마음을 편하게 하기 때문입니다.

때로 부정적인 생각이 들 때에는 자기 전 침대에서 하루 일과를 반성하고 긍정적인 생각을 하려고 노력합니다. 또한 저는 눈치가 빠르고 예의 바른 성격을 가졌고, 어느 조직에나 잘 적응할 수 있으며 목표를 이뤄내는 도전정신과 인내심을 가지고 있습니다. 반면에, 꼼꼼한 성격 탓에 어떤 일을 할 때 완성도는 높지만 시간이 오래 걸리는 경우가 있습니다. 이런 점을 보완하기 위해 신속함을 적절히 보완하여 짧은 시간 내 우수한 결과를 낼 수 있도록 노력하고 있습니다. 그리고 남들 앞에 나서서 적극적으로 일을 추진하지는 못합니다만 보다 신중하게 생각하고 행동하며 묵묵히 주어진 일을 수행할 수 있는 면도 있습니다.

입사지원동기

저는 우리나라를 다른 많은 나라에 알리는 일을 하고 싶습니다. 그 중 가장 관심이 있는 것은 K-POP의 세계화입니다. K-POP은 세계적으로 성장하고 있습니다. 이를 지속 발전시키기 위해서는 음반시장이 가장 큰 미국에서의 성공적 진출이 가장 중요한 요인이라고 생각합니다. CJ E&M은 공연뿐만 아니라 세대와 장르를 아우르는 다양한 음악 방송, 뮤지컬, 연극 등 전반적인 문화생활에 많은 영향을 끼치며 문화 산업을 이끌어가고 있습니다. CJ E&M은 우리나라의 독특한 엔터테인먼트 시스템을 해외에 수출하는 '시스템 현지화'를 하고 있습니다. 이미 중국에서 성공시킨 이 시스템을 미국이나 유럽 시장에서도 시도하여 개성과 실력을 갖춘 아티스트를 만든다면 K-POP의 지속적인 발전이 가능할 것입니다. 우리나라의 문화는 이제 세계를 무대로 나아가고 있다고 생각합니다. 그 중심에 CJ E&M이 있다고 생각합니다. 저의 목표는 우리의 문화를 세계무대에 소개하는 멋진 전문가가 되는 것 입니다. 10년, 20년 후에 누군가의 롤모델이 되어 그 사람이 가는 길에 등불이 되어 주고 싶고, 이를 위해 부단한 자기계발과 노력이 필요할 것입니다. 이러한 목표와 꿈을 귀사 CJ E&M에서 이루어 내고자 합니다.

2) 소개 및 안내하기

이미 알려진 사실에 대한 지식을 아직 모르고 있는 사람에게 전달하는 구술방식이다. 어떤 사건의 해석이나 개념의 뜻풀이, 혹은 물품의 용도나 기계 다루는 법 등을 적절하게 소개하는 요령을 습득하는 것이 필요하다.

다음과 같이 자기가 좋아하는 책이나 음악, 가수나 화가를 강의형식을 빌어 표현할 때, 저자, 작품배경, 등장인물이나 작품의 특징 등에 중점을 두어야 한다.

(1) 책, 일화, 교훈내용 등 소개하기

ㄱ. 책 소개

『파인애플 스토리』

파인애플 스토리는 네덜란드령 뉴기니아에서 7년에 걸쳐 일어났던 실화이다. 짧은 이야기지만 재미와 함께 성경이 말하는 삶의 기본 원리를 어떻게 생활에 적용해야 하는지 깊이 생각하게 해준다.

이 이야기 속에서 〈개인의 권리를 포기하라〉는 성경의 기본 원리를 배우고 익혀서 삶에 적용하기까지 어떤 내면의 갈등을 겪게 되는지 그 전형적인 사례를 생생히 목격하게 될 것이다.

원주민에게 예수 그리스도를 전하기 위해 오지의 땅으로 간 선교사. 분명 그 당시 선교사는 그리스도의 사랑을 전하리라는 사명감에 불탔을 것이다. 하지만 현실의 상황은 그렇지 못했다. 파인애플 묘목을 심기부터 시작해서 열매를 맺기까지 오랜 기다림이 필요했다. 열매를 맺었을 때는 고용한 원주민과 마을 원주민들이 열매를 몰래 따먹어 버렸다. 예수 그리스도의 사랑을 전하는 일에 비하면 너무나 하찮은 일인 자신의 파인애플을 원주민들로부터 지키기 위해 병원을 폐쇄하고 심지어 사나운 개까지 키우게 된다. 분명 거기에는 사랑의 모습이 없었다. 사랑도 없고 더 이상 자신들에게 필요한 물건을 얻을 수 없게 된 원주민들은 선교사를 떠나 버린다.

선교사는 모든 것이 하나님으로부터 난 것임을 망각하고 있었다. 선교사는 한 세미나에 참석을 하게 되었다. 선교사는 우리가 가진 모든 것을 하나님께 드려야 한다는 것을 깨닫게 된다. 선교사는 파인애플 밭이 자기 것이 아니라 하나님의 것이고, 모두를 하나님께 드려야 한다고 생각했다. 그 후 선교사는 주민들이 파인애플을 훔쳐 가도 야단도 투덜거리지도 않았다. 한 주민이 선교사에게 와서 파인애플을 훔쳐도 왜 화를 내지 않느냐고 물었다. 선교사는 그 밭을 하나님께 드렸다고 주민들에게 말했다. 주민들은 자기네들이 하나님의 것을 훔쳐서 여러 가지 일이 안 풀렸다고 말하면서 파인애플이 하나님의 것이라면 더 이상 훔치지 않겠다고 말했다. 그들은 하나님을 정말로 두려워하기 시작했다. 선교사는 모든 것을 하나님께 드리고 나니 그렇게 고대하던 일이 너무나 쉽게 이루어졌다고 생각하고 감사했다. 또 한 가지 자기가 변화됐을 때 그들도 변한다는 걸 알았다. 난 이 책을 통해 이 세상의 모든 것은 내 것이 아니라 하나님의 것이라는 것을 깊이 새기게 되었다. 내가 가장 고민하고, 갖고 싶은 것을 내가 가지려고 하지 않고, 하나님께 그것을 드릴 때 하나님께서는 그것을 그분의 뜻대로 하신다는 것을 알았다. 그로 인해 나는 감사하며 평안을 누릴 것이다.

이제 하나님께 모든 걸 맡기고 싶다. 내가 취하고자 하는 것일수록 더욱 하나님께 드리고 싶다. 내 이기적인 마음 또한 하나님께 드리고 싶다.

효과적인 칭찬방법

음악학과 000

안녕하세요. 음악학과 18학번 000입니다. 제가 오늘 발표할 주제는 처음 만났거나 아직 가까운 사이가 아닌 사람에게 칭찬을 효과적으로 하는 방법입니다.

예를 들어 키가 180 정도인 남자가 있어요. 처음 본 사람이 남자한테 칭찬하다면 아마 대부분은 키가 크다고 할 겁니다. 그러나 이 칭찬은 딱히 효과적일 수 없어요. 이 사람은 키가 크다는 말을 항상 듣고 살았을 테니까요. 같은 말을 계속 반복적으로 듣다 보면, 별 감흥이 없거나 지겹다는 느낌을 받을 수도 있어요. 따라서 칭찬은 익숙하지 않은 것에 더 효과적입니다. 예를 들면 복숭아뼈가 예쁘시네요 등등 안 들어봤을 만한 칭찬을 할 때, 만날 키 크다는 칭찬만 듣던 이 남자는 귀가 솔깃해집니다.

그런데 익숙한 칭찬은 다 별로인 걸까요? 그렇지는 않습니다. 아까 180 그 남자가 근육까지 빵빵해요. 아마 근육에 대한 칭찬도 자주 들을 겁니다. 여기서 키 칭찬과 근육칭찬 중에 어느 것이 더 효과적일까요? 바로 근육 칭찬입니다. 왜냐하면 둘의 차이는 그것이 노력으로 얻은 것인가 아닌가, 이기 때문이에요. 키는 물론 어릴 때 우유 많이 먹고 그랬을 수도 있는데, 사실 큰 노력 없이 얻은 거라고 봐야겠죠. 그러나 몸은 열심히 운동해서 만들었기 때문에 자주 들더라도 키 얘기보다는 훨씬 더 기분 좋은 칭찬이 될 것입니다.

정리하자면, 첫째 익숙하지 않은 것을 칭찬하기. 둘째, 노력해서 얻은 걸 칭찬하기.

그런데 눈이나 코 같은 경우는 신중하게 보셔야 돼요. 어쩌면 노력으로 얻은 걸 수도 있습니다. 이상으로 칭찬을 효과적으로 하는 방법에 대한 발표를 마친 000이었습니다. 들어주셔서 감사합니다.

이성친구를 만날 때

글로벌 비서학과 OOO

제가 이번에 발표할 주제는 많은 사람들이 흥미롭게 들을 수 있는 인간의 심리학에 대해 발표해 보려고 합니다.

대학교에 들어오면 다들 한 번씩은 미팅에 로망 또는 기대를 가지고 있을 텐데요. 그 미팅을 성공적인 방향으로 이끌 수 있는 팁을 드리려고 합니다.

사람은 보통 긴장을 하거나 떨리는 감정을 느낄 때 심장박동수가 급증합니다. 한 연구에 따르면 자신의 이상형인 이성과 같이 있을 때보다, 심장의 박동수가 빠른 속도로 뛸 때 같이 있었던 이성과 사랑에 빠질 확률이 높다는 연구결과가 있습니다. 그래서 미팅을 할 때에는 음식점, 카페보다는 놀이동산에서의 미팅을 할 때 성공의 확률이 높아진다고 하는데요. 이유는 그 이성을 좋아하는 감정이 아닌데도 불구하고 놀이기구를 탄다는 떨림만으로 심장박동수가 급증하기 때문에, 이를 상대방 이성을 좋아해 심장박동수가 급증한 것으로 착각하기 때문입니다.

하지만 놀이동산을 갈 수 없는 상황이라면 음식점 또는 카페에 갈 수 있을 텐데요. 여기서도 약간의 팁을 드리려고 합니다. 음식점을 갔을 때 가장 좋은 자리는 햇빛을 등지고 앉는 자리일까요? 아니면 햇빛을 마주하고 않는 자리일까요? 사람은 보통 햇빛을 등지고 앉아야 예쁘다고 합니다. 사람에게 후광이 빛날 때 상대방은 그 이성에게 매력을 느끼기 때문입니다. 또한 여기서 잠깐 중간 중간 상대방이 나에게 관심이 있는지 궁금하다면 물 마시는 속도를 유심히 봐보세요. 상대방이 나에게 관심이 있는지 알 수 있는 방법 중 한가지입니다. 사람들은 보통 긴장을 하거나 애가 타면 목이 말라 물을 계속 마시게 됩니다. 긴장할 때 목이 마른 이유는 바로 우리 뇌에서 교감신경이 초조한 상태를 인식하여 침 분비량을 줄이기 때문이라고 합니다. 실제로 물속에 들어 있는 산소가 우리 뇌에 들어와서 뇌를 활성화시켜주며 긴장감을 풀어주기 때문입니다. 상대방이 물을 벌컥벌컥 마신다면 미팅은 아주 긍정적이다, 라고 생각하시면 좋을 것 같습니다. 모두 원하는 이성 친구 만나시기를 바랍니다. 감사합니다.

'no pain, no gain'

임상병리학과 OOO

안녕하세요. 저는 임상병리학과 18학번 OOO라고 합니다.

제가 이번 발표에서 여러분께 들려드리고 싶은 일화가 한 가지 있습니다. 그건 바로 영국의 유명한 과학자 알프레드 월레스의 어릴 적 이야기입니다. 그는 숲속에서 곤충의 모습을 관찰하는 것을 좋아했습니다. 하루는 나비가 고치를 뚫고 나오려고 몸부림치는 모습을 발견했습니다. 그 모습이 너무 애처롭고 안타까워서, 그는 고치의 끝을 살짝 찢어 주었습니다. 그러자 나비는 쉽게 고치에서 나왔고, 월레스는 안도의 숨을 쉬었습니다. 이제 나비가 훨훨 날아갈 것 같았습니다. 그러나 나비는 날개를 제대로 펴지도 못 했고, 몇 차례 힘없는 날갯짓을 하다가 결국 죽고 말았습니다.

월레스는 깨달았습니다. 나비가 꼬치를 뚫고 나오려는 그 힘든 노력이 나비의 저항력을 키우고 나비를 강하게 만든다는 사실을. 그리고 그 고통스런 과정을 거쳐야만, 나비가 생명을 유지할 힘을 얻게 된다는 교훈을 얻었다고 합니다. 'no pain, no gain'이라는 말이 있습니다. 어려운 고통이 없다면 얻는 것도 없다'라는 뜻인데요. 힘이 든다는 것은 그만큼의 힘이 내게 들어온다는 것입니다. 저는 월레스의 일화를 보며 작년 저의 수험생활이 떠올랐습니다. 공부를 하다보면 노력하는 거에 비해 원하는 결과가 나오지 않아 좌절할 때가 많았습니다. 노력하는 과정은 끝없이 힘들기만 한데 그만큼의 보상이 주어지지 않을 것 같은 불안감이 들 때마다 '왜 나에게만 이런 일이 일어나지?'라고 자책하지 않고 지금 이 힘든 상황이 앞으로의 내 인생에 거름이 되어 나를 빛나게 해주리라고 굳게 믿었습니다. 여러분도 힘든 과정이 있어야 멋진 결과가 주어진다는 교훈을 주는 월레스의 일화처럼 앞으로 살면서 힘든 일이 생길 때마다 'no pain, no gain'이라는 말을 떠올리며 멋지게 이겨내는 여러분이 되었으며 좋겠습니다. 감사합니다.

동사로 꿈을 정착시킨다

재활공학과 OOO

안녕하세요 재활공학과 18학번 OOO입니다. 이 번 발표는 교수님께서 '교훈이 담긴 발표면 좋겠다'라고 하셔서 고민을 하던 중 '교훈'이라는 단어를 국어사전에서 찾아 봤습니다. '교훈'의 사전적 의미는 '앞으로의 행동이나 생활에 지침이 될 만한 것을 가르침'이라고 합니다. 이런 것이 무엇이 있나 생각을 하던 중 '앞으로'라는 글자에 눈이 가면서 '꿈'에 대해 이야기를 해야겠다고 생각을 했습니다. 여러분 꿈이 있으십니까? 말은 안 해도 되니까 머릿속으로 한번 생각해 주세요. 교수님께 한번 여쭙겠습니다. 저희 나이 때 교수님 꿈은 무엇이었습니까? 또 하나 묻겠습니다. 여러분 꿈이 무엇일까요? 너무 추상적이죠. 보통 꿈이라고 하면 연구원, 사회복지사, 특수교사 뭐 다양한 명사화되어 있는 걸 생각하곤 합니다.

그런데 우리가 직업이라는 것을 알기 전에 꿈은 어떠했나요? 보통 동사였습니다. 커서 뭐가 될 거야? 라는 질문을 아이에게 했을 때, 그 아이는 로봇을 만들 거예요, 그림을 그릴 거예요, 이런 대답을 하곤 합니다. 하지만 어느 순간부터 그림을 그릴 거라는 아이에게는 화가를 요구하고 로봇을 만들겠다는 아이에게는 과학자, 연구원 이런 식으로 요구하며 꿈이 직업화되어버렸습니다. 정말 꿈이 직업이 맞을까요? 직업이 꿈일까요?

제가 좋아하는 한국사 강사님이 계신데, 최태성 강사님께서 말하길 그건 여러분의 꿈이 아닙니다. 그것은 바로 JOB, 직업일 뿐입니다. 여러분의 꿈은 동사여야 합니다. 본인들이 CEO가 돼서 뒤에 오는 사람들을 위해서 내가 무엇을 할 것인지 이야기할 수 있는 게 여러분의 꿈이어야 합니다, 라고 해요. 저는 직업이 꿈이 될 수 없다고 생각합니다. 직업은 단지 꿈을 찾게 도움을 주는 도구일 뿐입니다. 물론 그 도구는 하나 이상일 수도 있습니다. 저의 꿈은 새로운 것을 찾아서 행복을 나누는 것입니다. 지금 재활공학과를 다니면서 사업계획서를 써봤는데, 제 꿈을 이룰 수 있게 도움을 받을 수 있을 것 같다고 생각이 들었습니다. 꿈을 이루기 위한 도구는 계속 찾고 있습니다. 전 여러 도구를 이용해 보고 싶어요.

여러분들도 다시 한 번 꿈을 생각해보시고 동사로 꿈을 정착시킨다면 더 멋진 어른이 될 것입니다. 감사합니다.

ㄹ. 제안하기

손 편지 쓰기

항공호텔관광경영학과 000

　안녕하세요. 항공호텔관광경역하과 18학번 000입니다. 제가 오늘 발표할 주제는 손편지 쓰기입니다. 여러분 요즘 스마트폰으로 SNS 등 손으로 직접 쓰지 않아도 멀리 있는 사람과도 소통과 대화가 가능하고 볼펜과 종이가 없어도 편하게 말을 써서 전달할 수 있어서 손편지를 쓰는 사람들이 거의 없어졌습니다. 저는 어렸을 때부터 끄적끄적 거리는 것을 좋아했고 손편지 쓰는 것을 정말 좋아하는데요. 왜냐하면 한 글자 한 글자 자필로 써내려간 편지를 보면 그 사람의 마음이 그대로 느껴지기 때문입니다.

　요즘같이 우체국 가서 우표를 살 필요도 없고 편지지를 살 필요도 없이 편리하게 이메일을 주고받아도 되지만 자필의 매력이 따로 있습니다. 직접 손으로 편지를 쓰고 주고받는다는 것은 직접 편지를 쓰는 그 순간에 온전히 편지를 받는 대상에게만 집중하니까 어떤 전달보다 더 진심이 가득 담기게 되는 것 같습니다. 또 편지를 쓰다보면 나도 모르게 감성에 타서 깊은 생각가지도 편지에 쓰게 되어 나의 내면도 볼 수 있습니다.

　여러분도 특별한 날 부모님이나 여자친구, 남자친구 등 친구에게 마음을 전하고 싶을 때 처음엔 귀찮을 수도 있겠지만 마음먹고 종이와 볼펜을 준비해 쓰다보면 자신도 모르게 쓰는 것에 집중하여 진심어린 마음도 담을 수 있게 될 것입니다. 그러다보면 진심도 전할 수 있고 마음도 따뜻해질 것입니다. 컴퓨터와 스마트폰이 상용화된 시대에 바쁘게만 살아가지 말고 가끔은 옛날에 편지 쓰던 시절을 생각하며 따뜻한 마음으로 추억 떠올리며 한 번 쉬어가는 것도 좋은 방법이라고 생각하여 추천합니다. 지금까지 저의 발표를 들어주셔서 감사합니다.

효과적인 필기방법

간호학과 000

안녕하세요. 간호학과 000입니다. 여러분들 모두 학교 다니시면서 필기를 하고 계실 것입니다. 저희 교재에 들어있는 말하기 노트를 쓰는 것도 필기라고 할 수 있습니다. 저희 교재에 들어 있는 말하기 노트를 쓰는 것도 필기라고 볼 수 있죠. 노트 필기는 학생이라면 수업시간에도, 그리고 혼자 공부를 할 때도 꼭 필요합니다. 그래서 저는 오늘 필기 잘 하는 5가지 방법에 대해 발표하려 합니다.

필기를 잘 하는 방법으로는 첫 번째, 반으로 나뉜 노트를 이용하는 것입니다. 노트 필기는 내용을 요약하는 것이므로 짧게 쓰기 때문에 수학 노트 같이 노트를 반으로 반 페이지로 나누면 공간을 효율적으로 이용할 수 있고 보기에도 더 좋습니다. 두 번째, 분류에 신경을 쓰는 것입니다. 큰 제목, 작은 제목, 그 아래 분류들로 정리하며 상위 항목, 하위 항목을 잘 구분해야 정리한 것이 눈에 더 잘 들어오고 암기도 더 수월하게 할 수 있습니다. 세 번째, 필기할 때 핵심어 중심으로 정리하는 것입니다. 핵심어 중심으로 정리해야 전체적인 내용을 연결지어 생각할 수 있습니다. 이렇게 정리한 핵심어들을 이미지화하는데 마인드맵을 이용하는 것도 좋은 방법입니다. 네 번째, 색깔을 구분하여 필기하는 것입니다. 두 번째에서 분류한 큰 제목, 작은 제목, 그 아래 분류들의 색깔을 달리하여 필기하면 조금 더 알아보기 쉽게 정리됩니다. 또 강조할 부분은 색연필로 칠하면 더 눈에 띄게 정리할 수 있습니다. 다섯 번째, 표나 그림, 수식을 이용하여 정리하는 것입니다. 인과관계를 나타내기 위해 화살표를 이용한다든가 대상들을 비교하는데 표를 이용하는 것 등을 하며 딱 필요한 부분을 보는 연습을 같이 하면 더 공부하기 편할 것입니다. 이상 필기 잘 하는 다섯 가지 방법에 대해 소개했는데 이 방법들보다 중요한 것은 깔끔하게 정리하여 필기를 보는 대상인 내가 보기 편해야 한다는 것입니다. 오늘 소개해드린 방법들 참고 하시고 필기 잘 하셔서 그것을 보면서 공부 열심히 하시고 좋은 성적 나오기 바랍니다. 감사합니다.

(2) 여행지 안내

여행지를 안내하는 경우, 세밀한 지식을 전달하기보다 그 관광지에 대해 듣는 사람이 한번쯤 가보고 싶은 의욕과 호감을 가질 수 있도록 인상 깊었던 점을 짚으면서 전달하는 것이 필요하다.

서울의 대표적인 몇 곳

사회복지학부 000

안녕하세요. 저는 오늘 여러분께 제가 살고 있는 서울에 대해 소개하고 싶어 주제를 정하게 되었습니다. 여러분들 중에서도 서울에 사시는 분도 많이 계시고 와보신 분들도 있으실 겁니다. 제가 서울에서 여러 곳을 가봤는데 대표적으로 몇 곳을 추천해 드리겠습니다. 첫 번째로는 제가 지금 살고 있는 영등포에 타임스퀘어가 있습니다. 이곳은 정말 큰 복합쇼핑몰인데 여기에 있으면 다른 데 안 가도 하루 종일 지루하지 않게 있을 수 있습니다. 두 번째로 낙산공원이란 곳인데, 밤에 전망대에 올라가 경치를 바라보면 정말 아름답고 분위기도 너무 좋아 커플들이 많이 찾는 곳입니다. 그리고 사진도 잘 나와서 사진 찍기에도 추천하는 장소입니다.

세 번째로는 연남동이라는 곳인데, 마포에 위치하고 있고 연남동 경의선 숲길이라는 곳이 있는데 미국의 센트럴 파크에서 따와서 연트럴 파크라고 부르기도 합니다. 서울의 도심 안에 이렇게 산책을 하고 쉼을 얻을 수 있어서 서울 지역을 벗어나기 힘든 바쁜 직장인들에게 참 좋다고 생각되어지고 주변에 맛집들도 많아서 추천합니다. 마지막으로 추천하는 곳은 하늘공원이란 곳인데, 여기가 원래는 쓰레기 매립장이었는데 쓰레기를 다 묻어서 만든 공원입니다. 저도 올라가 봤는데 제 발밑에 있는 게 쓰레기라는 게 믿기지가 않고 정말 그냥 뒷산 같은 느낌이었습니다. 여기는 정상에 올라가면 앞에 한강이 보이고 서울 도심의 모습들을 볼 수 있습니다. 또 노을이 질 때 오면 더욱 예쁘고 멋있습니다.

이처럼 서울에는 인구가 많은 만큼 볼거리도 많고 먹을거리도 많아 항상 관광객들이 끊이지 않고 오는 거 같습니다. 여러분들도 시간이 나실 때 서울을 구경하시러 가는 것을 추천하는데 많이 알려진 데보다는 사람들이 많이 안 찾는 숨겨진 명소에 가시는 것이 더 좋을 것 같습니다. 이상으로 발표를 마치겠습니다.

한산도 수루(戍樓)

안내원: (한산도 수루(戍樓) 앞에서 설명한다)

여러분! 구경 잘하고 계신가요? 우리가 한산도를 둘러보고 있는데, 그럼 정리해서 말씀드리겠습니다. 한산도는 52만 5,000평방미터입니다. 평방미터라고 하니까 공간 감각이 생기지 않죠? 15만 9,000평에 해당하는 거라고 말씀드릴 수 있습니다. 한산도에는 충무사, 제승당, 수루, 한산정, 그리고 유허비와 송덕비 등이 있습니다. 우리가 제일 처음 보았던 곳이 충무사이지요. 충무사는 이충무공의 영정을 모셔 둔 곳이고요, 제승당은 업무를 보던 곳입니다. 그리고 한산정은 활을 쏘던 곳입니다. 이곳 수루(戍樓)에서 조금만 가면 한산정이 있는데, 우리가 갈 마지막 장소입니다. 이 수루는 망을 보던 곳이지요. 여러분이 잘 알고 있는 이충무공의 유명한 시, 〈한산섬 달 밝은 밤에〉 그 시조 다 아시죠?

(분위기를 고조시키며 한 음절씩 정확한 발음으로 읊조린다)

한산(閑山)섬 달밝은 밤에
수루(戍樓)에 혼자 앉아
큰 칼 옆에 차고 깊은 시름 하는 차에
어디서 일성호가(一聲胡笳)는 남의 애를 끊나니

이 시의 배경이 바로 이곳 수루(戍樓)입니다. 이순신은 우리나라 해전사상(海戰史上) 전무후무한 업적을 세우신 분이십니다. 이 시조는 임진왜란 때 진영 가운데서 지으신 것이지요. 국난(國難)으로 숱한 불면의 밤을 보내면서 구슬픈 피리소리에 애끊는 것을 느끼는 인간적 고뇌를 알 수 있겠지요?

자! 그럼 우리 한산정으로 자리를 옮겨볼까요?

3) 강의하기

가. 강의법 개요

㉠ 초점을 자기 자신보다 강의 내용에 맞춘다

신경을 자신에게로 모으지 말고 강의 내용에 집중하거나 학생들한테로 확산해 보라. 소심한 사람도 자기가 진정 믿는 생각을 말할 때에는 자신 있게 말할 수 있다.

㉡ 강의 순서를 적어둔다

강의 주제와 소제목을 칠판 한 구석이나 PPT 등에 넣어 두어 언제나 볼 수 있게 하면 일단 신경 쓸 일을 한 가지 줄이게 된다. 그뿐만 아니라 강의 순서(소제목 리스트)는 초조함으로 잠시 조절능력을 잃게 되어도 강의를 다시 차분히 시작할 수 있게 해준다.

㉢ 강의 공포증을 긍정적으로 받아들인다

강연 공포증은 훌륭한 강의가 되길 바라는 정성이 가득해서 생겨난다. 항상 최선을 다하고 완벽하기를 바라는 교수님만이 느낄 수 있는 현상이다.

㉣ 많이 연습한다

특히 강의 공포증을 많이 느끼는 편이면 청중 앞에서 강의하듯 혼자 소리내어 연습해야 한다. 첫 10분 정도에 해당하는 강의는 연극 대본을 외우듯이 연습해야 한다. 강의의 시작이 바라던 만큼 매끈하게 진행되면 어느덧 '강의 공포증'이 슬며시 사라져 버리게 된다.

나. 강의 시 질문과 대답

① 교수 / 교수 – 교수가 질문하고 스스로 대답하는 경우: 가급적 지양할 것

② 교수 / 학생 – 교수가 질문하고 학생이 대답하는 경우

③ 학생 / 교수 – 학생이 질문하고 교수가 대답하는 경우

④ 학생 / 학생 – 학생이 한 질문에 다른 학생이 대답하게 하는 경우: 가장 이상적임

다. 몸을 최대한 활용하는 강의효과[4)]

① 몸동작이 가장 큰 효과를 내게 한다

커뮤니케이션에 대한 연구에 따르면 몸동작이 의사 전달에 미치는 효과는 50% 이상이라고 한다. 예를 들어 강의를 하는 동안 교수가 시계를 자꾸 들여다보는 행동은 강의를 무성의하게 빨리 끝내고 싶다는 뜻으로 학생들에게 전달된다는 뜻이다.

② 서 있는 자리를 옮겨 준다

사람은 시선을 한 시간 동안이나 한 군데에 집중하다 보면 자기도 모르는 사이에 졸게 되어 있다. 그래서 강의를 하는 동안에 가끔씩 자리를 옮기거나 가능하면 교단에서 내려와 학생들 사이를 지나다니면 학생들의 시선집중을 도와주게 되고, 학생들의 눈의 피로를 풀어 주기도 한다.

③ 학생들에게 시선을 준다

학생들과 눈을 맞추는 것은 매우 중요하다. 될 수 있으면 시선을 학생들 쪽으로 향해야 한다.

④ 모든 학생들을 살펴본다

이때 주의할 점은 시선을 너무 빨리 움직이지 말고 학생이 자기의 눈이

---

4) 조벽, 『조벽 교수의 명강의 노하우 & 노하이』, 해냄출판사, 2001 참고.

교수님의 눈과 마주쳤다는 사실을 의식할 때까지 한 학생에게 순간적으로 시선을 정지시켜야 한다. 이 테크닉은 수업뿐만 아니라 회의할 때에도 상당히 유용하리라 생각된다.

⑤ 몸동작의 효과를 극대화한다

학생에게 시선을 줄 때는 마치 그 강의실에 그 학생 한 명밖에 없는 듯이 온 관심을 집중적으로 쏟아라. 공부에 흥미 없는 학생이라도 자기에게 그런 관심을 보이는 교수님의 과목만은 나름대로 열심히 하게 된다. 그만큼 '시선 주기'는 효과적인 테크닉이다.

강의실 뒷줄에 앉은 학생들에게도 교수가 시선을 주고 있다는 사실을 확실히 알리기 위해 "맨 뒷줄, 파란 재킷 입은 학생. 칠판에 쓴 글 잘 보이나요?" 하는 식의 부담 없는 질문을 한번쯤 던진다. 이런 일은 교수로부터 숨을 공간을 없애 두는 효과가 있고, 강의실의 분위기를 살리는 방법이기도 하다.

예) 강의

문예비평론에 대해서 생각해 보기로 합시다. 예전에는 문예 비평이라는 것은 없었어요. 왜 없었는가 하면 소설이 없었기 때문입니다. 그렇다면 왜 소설이 없었을까요. 소설을 쓰는 사람이 없었기 때문이지요. 그 시대까지는 시와 희곡이 주류를 이루었습니다. 그러다가 소설을 쓰는 사람이 하나 둘씩 나타났죠. 비평을 할 마음이 나게 하는 소설을 쓰는 사람들이 말이죠. 디포라든가 리처드슨이라든가 필딩이라든가 제인 오스틴, 헨리 제임스 등 영국 사람들이 많아요. 왜냐하면 비평의 역사는 이 전세기말(前世紀末)의 영국으로 거슬러 올라가기 때문이지요.

자, 어쨌든 케임브리지 대학에 처음으로 영문학 강좌가 생겼던 때는 대단했었죠. 거의 그즈음 문학을 논하려는 사람은 여자와 학교 교사에 지나지 않는 2, 3류의 남자에 한정되어 있었습니다. 이것은 내가 일부러

차별을 두고 그렇게 말하는 것이 아니에요. 〈왜 대학에서 문학을 하는가〉를 쓴 코스만이라는 사람이 왕립 자문위원회로 보낸 편지, '문학과 교육'에서 그렇게 썼을 뿐입니다. 지금도 그렇게 말하는 사람이 있긴 하지만. 그것은 분명 이 교실에 여학생들이 많고 나 역시 2, 3류의 남자일지 모르지만, 지금은 대외적으로 누구도 그렇게 말하지는 않습니다. 그래봤자 고작 100년 전 일이에요.

남자 한 사람이 인간의 감정, 즉 그 풍경이 아름답다든지 남자와 여자가 어떻게 했다든가 하는 것을 문제 삼는 것은 바보스럽다고 생각하여 올바른 학문이 아니라고 한 것이지요. 일류의 인간이라면 그런 취미는 평소에 드나들던 살롱이나 부엌에서 말하면 되지 구태여 대학에서 그런 것을 가르치거나 배워야 하냐는 거지요. 그래도 아놀드라는 사람은 중산 계급에게 교양을 가르치지 않으면 안 된다고 말하며, 영문학에 스포트라이트를 비추고 오케스트라 반주로 떠들썩하게 강조했어요. 그러나 교양이란 것도 결국은 귀족 계급의 교양을 말하는 것이겠지요.

그렇다면 중산 계급에게 교양을 왜 가르치려 했을까. 그들에게 더욱 하층 계급인, 빈곤한 벌레 같은 노동자 계급을 계도시키려 했던 것이죠. 노동자들이 공산주의자가 되지 않도록 말이예요. 그러한 흉계가 있었던 것이지요. 요즈음 비평의 배경이 되는 철학은 대개 칸트라든가 헤겔이라든가 쉴러 등에서 인용한 고전 미학으로, 그것은 시나 그림을 논하기 위한 것이었어요.

–––––––– (중략) ––––––––

그러면 오늘은 이것으로 끝냅시다. 다음 주에는 신비평에 대해서 이야기하겠습니다.[5]

위의 강의에서 주인공 다다노 교수는 문학비평의 여러 장르에 대해 소개하고 있다. 다다노 교수의 강의에 나타난 것같이 대부분의 강의가 교수 중심의 주입식 강의가 되고 있다. 강의 도중에 학생의 의견을 묻는

5) 쓰쓰이 야스타카, 『다다노 교수의 반란』, 김유곤 역, 문학사상사, 1996, pp.43~50.

몇 부분을 제외하고는 교수 자신의 문학이론과 배경지식을 학생들에게 전수하고 있는 셈이다.

물론 다다노 교수의 강의하는 태도나 강의 시 사용하는 언어는 비교적 용이한 편이며 가급적 학생들의 흥미를 유발시키기 위해 쉽고 재미있는 말을 사용하기 위해 애쓰는 모습이 보인다. 또한 문예비평가로서의 해박한 전문지식과 배경지식을 갖추고 있다는 점이다.

그러나 다다노 교수의 강의에 나타난 단점을 살피면 장광설의 강의 성향을 띠고 있다는 점이고 다른 사람의 이론과 견해를 소개하거나 평가할 때 별반 우호적이지 못하다는 점이다. 지식인의 경우엔 냉소적인 태도가 다소 매력적으로 보일 수도 있을 것이나 교육을 담당하는 교육자로서 갖추어야 할 기본소양이라고 볼 때 위와 같은 모습은 지양해야 할 것으로 생각한다.

4) 보고하기

말하는 이가 직접 목격하거나 다른 사람한테서 들은 사건, 또는 방송이나 신문, 잡지, 서적 등을 통해서 알게 된 사건, 또는 사물이나 현상에 대한 관찰이나 조사연구의 결과 등에 대한 정보를 청중에게 객관적으로 알려 주는 말하기 방법이다.

가. 아래의 사례는 텔레비전의 '카메라 출동'식 멘트를 사용하는 것이 적절하다. 특히 기자, 아나운서가 사용하는 언어와 표현, 구술 태도를 원용한다면 보다 효과적인 전달이 이루어질 것이다.

뉴스·1 대학생들 어려운 책 기피, 흥미 위주로

앵커 멘트: 대학생들의 독서 패턴이 지성을 탐구하기보다는 흥미 위주로 가고 있다는 보도입니다. ○○○ 기자의 보도입니다.

본문: 한국의 대학생들이 대학도서관에서 주로 대출해 읽는 책은 판타지, 무협, 대중소설 같은 흥미 위주의 가벼운 읽을거리인 것으로 나타났습니다.

부산대, 충남대, 고려대, 서울대 등 몇 개 대학이 상반기 독서실태를 조사한 결과로 부산대의 경우 최다 대출 도서 10권 중『묵향』『드래곤 라자』『영웅문』등 5권이 판타지이거나 판타지와 무협을 섞은 '무협판타지', 충남대는『드래곤』『다크문』『퇴마록』등 8권이 무협과 판타지였습니다. 고려대도『가즈나이트』『검마전』등 판타지류가 대거 상위권에 올라 있으며, 서울대는 무협지나 판타지 계통은 없지만『로마인이야기』외에는『상실의 시대』등 외국 대중소설류가 대부분을 차지하고 있습니다.

이에 대해 한 대학의 교수는 "판타지나 무협이 전혀 무익한 장르도 아니고 또 빨리 읽히는 대중소설에 비해 인문사회과학서가 회전율이 낮은 점도 있기에 조사결과를 일반화하는 일은 성급할 수도 있다"면서 "그렇다고 해도 대학도서관인지, 동네에 있는 '도서대여점'이나 '만화가게'인지 구분이 안 가는 독서실태는 문제가 있다"고 밝혔습니다.

앵커 멘트: 대학생들의 독서 패턴에 문제가 있는 것 같습니다. 다시 한 번 생각해 볼 문제인 것 같습니다. 그러나 이런 문제가 우리에게만 있는 것은 아닌 것 같습니다. 보도에 ○○○ 기자입니다.

본문: 일본 최고 명문 도쿄대 학생들이 평소 가장 즐겨 읽는 책은 만화책인 것으로 조사됐습니다. 도쿄대 학생생활 실태조사 위원회는 지난해 전체 학생의 8분의 1에 해당하는 1,917명을 대상으로 실시한 독서실태 조사결과 만화책과 교재 이외의 교양서를 읽는 학생들이 급격히 감소하고 있다고 11일 밝혔습니다.

도쿄대생 한 명이 1년간 읽는 책은 총 78.2권으로, 장르별로는 만화가 36.2%로 가장 많았으며, 이어 교재 24%, 소설 18.6%, 교양서 12.4%의 순으로 나타났습니다. 만화책과 교재가 전체 독서량의 약 60%를 차지하는 셈입니다.

조사위원회의 이치카와 노부가즈 위원장은 "학생들의 독서경향이 공부 아니면 오락으로 갈리는 것 같다"며 "이는 초, 중, 고등학교 때 수험공부의 스트레스를 만화로 풀어온 학생들의 습관이 그대로 반영된 것"이라고 지적했습니다. MBS ○○○입니다.

뉴스·2 새로운 풍속도, 고속철도 역사(驛舍)를 찾아서

앵커 멘트: 한 달에 한번 마지막 주에 하는 『새로운 풍속도, 고속철도 역사(驛舍)를 찾아서』 시간입니다. 이 시간에는 2004년 4월 1일 개통된 고속철도 역들을 차례로 둘러보고 새로운 풍속도로 자리잡고 있는 역사의 이모저모를 살펴봅니다.

오늘은 교통의 요충지 천안·아산역입니다. 현장에서 ○○○ 기자의 보도입니다.

본문: 오늘 소개할 곳은 천안·아산역입니다. 옛부터 천안삼거리하면 경상, 전라, 충청의 수많은 사람과 문물이 쉴 새 없이 거쳤던 명실상부 교통의 요충지였고 오늘날도 그 명성을 유지하고 있습니다. 아울러 아산은 새롭게 떠오르는 개발지로서 서해안시대 동북아 중심지를 꿈꾸고 있습니다. 이처럼 천안·아산역은 전통과 현대가 만나는 새로운 풍속도를 보여 주고 있습니다.

이곳 역사는 부드러운 선으로 외양을 처리함으로써 전통미를 살리고 있고, 내부 골조는 기하학적으로 배치하여 현대적 감각을 가미하고 있습니다. 더불어 역사 주변도 숲과 벌판이 조화롭게 어울려 자연과 문명이 함께 숨쉬고 있습니다.

이번 고속철도 개통으로 해서 천안소재 10여 개 대학들은 이미 심정적으로 수도권에 편입된 느낌이며, 서울에서 통학하는 학생들은 시간의 여유를 갖게 되어 벌써부터 마음이 설레고 있습니다.

다만, 아쉬운 것은 역사(驛舍)와 연계되는 교통수단의 미비로 해서 택시를 이용해야 하는 불편이 있으며, 고속철도의 비싼 요금은 이곳을 이용하는 실수요자를 위해 시급히 해결해야 할 현안이 아닐 수 없습니다.

행정수도 충청지역 이전과 더불어 새롭게 떠오르는 천안·아산 지역은 고속철도 개통으로 또 한번 발전의 기틀을 마련하게 되었다는 자부심에 가득차 있습니다. 이러한 역동적인 힘의 표상으로 이곳 천안·아산역이 우뚝 자리하고 있습니다. 천안·아산역에서 K.N.U ○○○입니다.

뉴스제목·3 대학생 수련회, 술 난장판 여전

앵커 멘트: 현장추적, 오늘은 술과 난장판으로 얼룩지고 있는 대학생들의 야외수련회를 들여다 봤습니다. ○○○ 기자가 취재했습니다.

기자: 계곡 민박촌이 야외수련회에 참가한 대학생들의 술판으로 어지럽습니다. 밤이 깊어지면서 몸을 가누지 못할 정도로 취한 학생들이 속출합니다. 친구들이 부축해도 막무가내입니다. 학생 몇 명의 말을 들어 보겠습니다.

대학생1: 저희는 그냥 오로지 술만 마셨습니다.

대학생2: 야~ 언제 우리가 술만 마셨어.

대학생3: 술만 마시게 한 줄 알아?

대학생4: 술 좀 마시고 정신이 알딸딸합니다. 그때 노는 거죠. 알딸딸할 때 술을 안 마시면 분위기가 안 사니까요.

기자: 산에서는 사용이 금지된 폭죽을 터뜨리는가 하면 술에 취한 나머지 실랑이가 벌어지기도 합니다. 술기운에 후배들을 집합시켜 얼차려를 강요하는 잘못된 관습도 여전합니다. 심한 기합을 주면서 단합을 강요합니다. 일부 대학생들은 술에 취한 채 차를 몰고 민박촌을 누빕니다. 음주로 인한 안전사고도 속출합니다. 대학생들의 MT가 이렇게 술판으로 전락한 것은 술을 마시지 않고는 일체감을 형성하기 힘들다는 그릇된 인식이 뿌리깊게 자리잡고 있기 때문입니다. 그러다 보니 야외수련회는 친목을 다진다는 본래의 취지를 살리지 못하는 경우도 많습니다.

대학생5: 학생들이 술을 많이 먹다 보니까 서로 다툼이 일어나고 싸움이 일어나는 경우가 있거든요. 그렇게 되면 이제 후배들이나 같이 간

동기들이나 선배들도 다시는 MT를 가기 싫어하는 그런 부작용도 많이 발생합니다.

기자: GBS ○○○입니다.

뉴스·4 술·담배문화 개선, 대학이 나섰다

앵커 멘트: 자유라는 이름으로 폭음과 흡연을 거리낌 없이 해 오던 대학가에 최근 들어서 자정의 움직임이 활발히 일고 있습니다. ○○○ 기자가 취재했습니다.

기자: 신입생 환영회가 있는 학기 초나 축제기간에는 대학 캠퍼스 전체가 거대한 술판으로 변합니다. 대학생들이 술에 취해 비틀거리는 것은 대학가에서 쉽게 볼 수 있는 모습입니다. 입시지옥을 통과한 대학생들은 아무 데서나 담배를 피우는 것도 그들만이 누리는 자유라고 생각합니다. 또 흡연에는 남녀 대학생 구분이 없습니다. 그러나 대학생들의 이 같은 왜곡된 음주와 흡연문화에 대해 이제 더 이상 두고 볼 수 없다는 대학 내 움직임이 생겨나고 있습니다. 서울 한 대학에서는 대학생들이 아예 술과 담배를 하지 않겠다고 다짐을 하는 의식을 치르고 스스로에게 약속하는 행사도 가졌습니다. 폭음과 술강권이 난무하는 대학 내 음주문화를 바꾸기 위한 동아리도 활동하고 있습니다. 일종의 절주운동으로 대학생다운 음주문화 정착이 이들의 목표입니다.

대학생: 대학문화는 술문화라는 그런 고정관념이 굉장히 많거든요. 그래서 그게 안 좋은 문화라고 저희는 생각을 하고요. 그래서 그걸 좋은 방향으로 적당히 저희가 즐길 수 있는 즐거운 문화로 바꾸기 위해서…

기자: 학교측에서도 캠퍼스 내 금연건물을 지정하고 교내 음주행위도 금지하는 등 술, 담배문화 개선을 위한 다양한 시도가 이루어지고 있습니다. KNU ○○○입니다.

2. 논증적 말하기

논증적 말하기는 말을 논리적으로 정당하게 표출해서 청자를 설득하는 데 목적을 두고 있다. 청자를 설득한다는 것은 나와 다른 의견을 지닌 사람의 마음을 움직여 그 사람의 행동과 사고에 영향을 준다는 것을 뜻하며, 다른 의견을 지닌 상대방을 설득하기 위해 주장의 근거 및 관련 증거등을 통해 자신의 의사를 논리적으로 펼치고 설득하는 말하기를 가리킨다.

논리적 설득이 아닌 억지주장을 통해 자신의 목적을 관철시키는 경우를 우리 주변에서 많이 볼 수 있다. 강압적인 주장의 이면에는 아직도 우리 사회에 자리하는 권위주의가 깔려 있다. 이 책에서는 상대방을 진심으로 감화시킬 수 있는 논리적 주장을 학습하도록 하며 이를 통해 우리 사회를 새롭게 만드는 발판을 마련할 것이다.

논증적 말하기에는 토론하기 / 연설하기 / 설교하기 / 인터뷰하기 등이 있다.

1) 토론하기

최근 우리 사회는 각 분야에서 토론 문화형성의 필요성이 크게 대두되고 있으며 토론을 통해 문제를 해결하려는 노력이 두드러지게 나타난다. 사회적으로 논란이 될 만한 중요한 일을 결정해야 할 경우 공청회를 열어 의견을 수렴하는 것이 점차 제도화되고 있으며, 대통령 선거 및 지방 자치 단체장 선거 때에도 텔레비전 공개토론을 통해 새로운 정치문화 형성에 이바지하고 있는 실정이다.

이상의 일들은 토론이 우리사회에서 사회적 갈등해소의 한 방편이자, 미래 사회의 문제 해결을 위한 수단이 되고 있음을 말해준다. 하지만 토론 과정에서 토론에 대한 기본지식과 방법론이 부족한 탓으로 인해 서로 극단적인 의견의 대립을 보이기도 하고, 심지어는 감정적인 대립으로 인해 토론이 결렬되는 경우도 적지 않게 나타난다. 때로는 상대방 의견은 경청하지 않은 채 자기주장만 펼치고 있는 때도 있다.

토론은 입장이 다른 사람들과의 소통 및 설득을 통한 문제해결을 목표로 한다. 이에서 효과적 소통을 위한 경청은 토론의 기본 덕목이 된다. 토론을 하는데 있어 자신과 다른 생각을 가진 이의 생각을 경청하려는 이해와 노력이 수반되지 않는다면, 바람직한 토론이 아니기 때문이다.

소통 및 경청을 위해 내 생각을 잠시 내려놓고 상대방의 이야기를 듣는 태도가 중요하다. 내 생각이 절대적으로 옳다는 생각을 내려놓고 다른 사람의 생각과 논리가 사회적 가치에 부합하고 또 그것이 사실에 기초해 있다면 이를 인정할 줄 아는 자세 또한 요구된다.

우리 사회의 건강한 토론문화 정착을 위해서 대학은 토론에 대한 기본 지식과 방법을 교육시키고 바람직 토론지도모델을 구축시키는 일이 필요하다. 다음은 토론 내용에 따라 토론의 유형을 구분해 본 것이다.

(1) 가치토론

가치토론은 진리가 무엇인지를 찾아가는 것으로서 교수자의 지도가 필요한 토론이다.

가치토론의 경우 토론을 통해 그 '가치'를 입증해야 하며 대표적인 토론양식으로는 '링컨–더글라스(Lincoln Douglas debate) 형식이 있다. 이 방법은 가치 토론의 가장 대표적인 방식이 된다.

(2) 정책(시사)토론

정책(시사)토론은 다수결 원칙으로 의사가 결정되는 토론이다. 정책토론은 문제인식 및 해결방안을 찾기 위해 논의하는 것으로서 예를 들면

'독도수호를 위해 온건정책을 펼 것인가, 강경책으로 맞설 것인가?'와 같은 것이 있을 수 있다.

대표적인 토론방식으로는 'CEDA(Cross Examination Debate Association)' 식을 들 수 있으며 교육토론 및 현재 미국의 대학 토론대회에서 널리 사용되고 있는 토론방식이다. 다음은 우리 재학생들이 발표와 토론 수업시간에 토론했던 내용을 그대로 옮겨본 것이다.

토론 예시글

심신미약에 의한 감형은 옳은가?

사회자 : 안녕하세요? 사회를 맡게 된 OOO입니다. 혹시 2008년에 일어났던 조두순 살인사건을 기억하고 계시나요? 대표적인 심신미약에 대한 감형 사례인데요, 이외에도 강남에서 일어난 묻지마 살인 사건으로 심신미약에 대한 감형이 크게 논란이 되었고, 최근에 강서구에서 일어난 피시방 살인사건을 계기로 다시 한 번 "심신미약에 따른 처벌의 감형이 옳은가?"에 대한 논란이 점점 커져 가고 있습니다. 피시방 살인사건의 피의자 김성수가 우울증 진단서를 제출한 사실에 대해 많은 국민들이 이를 '심신미약에 의한 감형'을 노렸다고 여기고 분노하였습니다. 이후 '심신미약에 의한 감형'을 반대하는 청원이 청와대 국민 청원에 올라왔고 이에 찬성한 사람들이 백만 명을 넘어섰습니다. 그만큼 이 문제에 대한 국민의 관심이 높다고 볼 수 있습니다. 국민의 법 감정은 대체로 심신미약에 대한 감형을 옳지 않다고 보는 것 같습니다. 그러나 심신미약에 대한 감형은 형법의 중요 원칙 중 하나이기도 합니다.

　　오늘 다룰 토론의 주제는 '심신미약에 의한 감형은 옳은가?'입니다. 찬성 측부터 입론 시작하겠습니다.

　　찬성 측, 입론 시작해 주십시오.

찬성 입론자 : 찬성 측 입론을 맡은 OOO입니다. 입론 시작하겠습니다.

　　첫째, 심신미약에 대한 감형은 심신 미약자에 대한 배려라고 볼 수 있습니다. 사회에는 약자가 존재합니다. 그들의 인권 또한 존중해주어야 공평하다고 할 수 있습니다. 심신 미약자, 즉 사회 배려가 필요한 사람이 저지른 범죄는 일반적인 범죄와는 다르게 충분히 차등을 주는 것이 공정한 민주주의 사회의 기초가 될 것입니다.

둘째, 심신미약에 의해 발생된 범죄는 일반적인 범죄와는 다릅니다. 심신미약의 경우, 의사결정능력과 관련되어 있습니다. 범죄 행위를 저지를 상황 당시에 심신 미약자는 올바른 상황 판단을 할 수 있는 상태가 아닙니다. 따라서 상황판단을 할 수 있는 상태에서 저지른 범죄를 일반적인 범죄와 같은 행위를 저질렀을 때의 경우와 죄의 무게를 동일시 할 수는 없습니다.

셋째, 법정에서 심신미약자로 감형을 판결을 내리는 것을 판단하는 것은 판사의 권한입니다. 보통 심신미약자로 감형을 판단하는 경우에 여러 정신과 전문의의 분석과 진단 결과를 참고하여, 판사가 판결을 내리고, 판결 이후에 보호 관찰소에서 한 달 동안 전문가들의 행동 감찰이 진행되기 때문에 판사의 재량권이 남용되지 않습니다. 그러므로 판사의 결정권을 존중해야합니다.

사회자 : 네, 찬성 측 입론 잘 들었습니다. 이어서 반대 측 입론 들어보겠습니다.

반대측 입론 시작해 주십시오.

반대 측 입론자 : 반대 측 입론을 맡은 OOO 입니다. 입론 시작하겠습니다.

첫째, 지금의 형법 제 10조 1항은 심신장애가 구체적으로 어떤 상태나 질환을 말하는 것인지에 대해서는 명확히 규정하지 않고 있습니다. 2016년 강남역 묻지마 살인범이 조현병을 이유로 감형된 사례에서 보듯 재판부에 따라 정신질환 등을 이유로 형량을 낮추는 사례가 종종 발생하는 만큼, 관련법 조항을 좀 더 구체적으로 규정할 필요가 있다는 지적이 나오고 있는 배경입니다. 현행법은 심신미약자의 의미나 행위의 내용을 정확히 밝히지 않고 있어 정신장애 항목을 세분화하고 사물

변별 능력과 의사결정 능력에 대한 개념화를 확실히 해 치료대상과 처벌대상을 엄격히 구분해야 하는데, 현행법은 문제가 있습니다.

또한 법무부 국립법무병원이 제시한 통계를 보면 정신과 의사의 심신미약 판정에 대한 판사의 법적판단과의 일치율은 고작 41%에 불과했습니다.

둘째, 심신미약상태로 발생한 범죄의 수가 증가하고 있으며, 이에 대한 남용의 우려가 있습니다. 가령, 요즘 사회문제가 되고 있는 '묻지마 범죄'의 경우 그 원인이 정신질환 36%, 알코올, 약물 중독 35%로 이 통계를 통해 정신질환을 앓는 사람들이 묻지마 범죄를 저지를 확률이 상대적으로 높다는 것을 알 수 있습니다.

셋째, 심신미약 감형은 피해자들이 영구적으로 받을 정신적 피해와 그들의 입장은 전혀 고려하지 않은 채로 집행되고 있습니다. 실제로 범죄 피해자들은 일반인보다 20배 높은 자살시도를 합니다.

사회자 : 네, 반대 측 입론 잘 들었습니다. 지금부터 반론을 시작하도록 하겠습니다. 찬성 측부터 반론해 주십시오.

찬성측 반론 : 정신질환자 혹은 알코올 중독자가 묻지마 범죄를 일으킬 확률이 높다고 하셨는데, 이러한 사실에 대한 결론은 심신 미약자에 대한 감형의 폐지로 연결되어야 하는 것이 아니라, 애초에 알코올중독자나 정신질환자에 대한 치료나 다른 대안으로 연결되어야 하는 것이 옳습니다. 무조건적으로 단편적인 사례만 보고 심신미약 감형 법을 폐지해야한다고 주장하는 것은 이 법의 기본 취지를 이해하지 못 하는 것입니다.

반대측 반론 : 정신질환자 같은 경우, 현재 보시는 그래프와 같이(스크린에) 2006년의 정신 질환자수 보다 2015년의 정신 질환자 수가 약 두 배 정도 증가 한 것을 볼 수 있습니다. 알코올 중독자 역시 2010년보다 2012년도의 중독자 수가 많으며 점점 증가하는 그래프를 보이고

있습니다. 이렇게 많은 환자들을 나라에서 돈으로 무료 치료를 지원하기에는 정부 재정의 막대한 손실이 예상됩니다.

반대측 : 맞습니다. 금연 같은 경우도 금연클리닉을 통해 국가가 지원하고 있는데 지원 비용에 비해 실제적인 결과를 살펴보면 성공률이 높지 않습니다. 금연클리닉도 효과를 내지 못 하는 상황에서 정신질환자, 알코올 중독자에 대한 국가의 무료 치료 지원은 국민의 세금을 헛되이 쓰는 재정 낭비입니다.

찬성측 : 무조건 나라에서 지원하는 무료 치료를 하자고 말하는 것이 아닙니다. 꼭 무료치료가 아니더라도 국가에서 국민의 삶의 질을 높이기 위해 캠페인을 계획한다든지 국가적 차원에서 심신미약을 줄이기 위한 전 국민의 정신건강을 위한 프로젝트를 마련하는 방법도 있습니다.

반대측 : 심신미약을 줄이기 위한 캠페인이 실효가 있을까요? (고민하는 듯 하며) 네, 알겠습니다. 그렇다면 아까 입론에서 심신미약에 의해 발생된 범죄는 일반적인 범죄와는 다르게 의사결정능력과 관련되어 있다고 하셨는데, 심신 미약자가 어떠한 의도를 가지고 범죄를 저질렀더라도 피해자의 고통의 크기는 변하지 않습니다. 그러므로 심신미약자의 의사결정능력에 초점을 두어 죄의 무게를 잴 것이 아니라 피해자가 입은 피해 정도에 따라 판결을 내려야할 것입니다.

찬성측 : 하지만 아까 입론에서 말씀드렸듯이 판결을 내리는 과정은 그리 단순하지 않습니다. 정신과 전문의가 내린 피의자에 대한 정밀한 분석과 판단을 바탕으로 판사는 판결합니다. 법의 판단이 국민 정서에 반한다고 해서 재판을 국민 정서로 진행할 수는 없습니다. 따라서 판사의 결정권을 존중해야 합니다.

반대측 : 법의 판단을 국민 정서에 맡길 수 없다는 말 인정하고, 판사의

결정권을 존중해야 한다는 말 인정합니다. 그러나 우리가 주장하는 것은 법 자체가 문제가 있다는 것이지, 법에 대한 판사의 판단을 존중해서는 안 된다는 말이 아닙니다. 알코올 중독자가 저지른 범죄에 대한 조치 사례를 보면, 실제 음주 후 폭력을 훈방 등으로 처리하던 지역에서 구속 등 처벌을 강화하자 불법 행위가 크게 줄었습니다. 이처럼 감형을 하지 않고 일반인과 똑같이 판결을 했을 때 상황이 개선되었습니다. 따라서 심신미약 상태의 범행은 감형 없이 법대로 처벌하도록 법 규정을 바꾸어야 한다고 생각합니다.

찬성측 : 심신미약 상태의 범행을 법대로 처벌하라고 주장하셨네요. 그런데 심신미약 감경 자체가 법에 규정되어 있는 것입니다. 다만 심신미약에 의한 감경은 무조건 적용되는 것이 아니라, 판사가 형량을 결정할 때 고려해야 할 조건의 하나일 뿐입니다. 형사미성년자 규정과 같은 절대적 제한 조건이 아닙니다. 실제로 정상인도 정말로 의도가 없는 상황에서 자신도 모르게 범죄를 저지르는 경우가 있습니다. 더욱이 조현병 환자나 다중인격자의 경우는 범죄를 저지를 때 이성적으로 판단하기 어렵기 때문에 일반범죄자와 똑같이 판결하기는 어렵습니다.

형법상 범죄가 성립되는 요건은 크게 위법성과 책임성입니다. 행위가 위법하다 할지라도, 14세 미만의 형사미성년이나 심신미약, 심신상실 등의 상태는 의사능력이 없다고 보아 책임성이 없다고 보는 것입니다. 이건 형법의 기본입니다. 정신질환자에 의한 강력범죄가 증가하면서, 국민들의 분노가 커지고 있다는 사실은 알고 있지만, 국민 감정 때문에 형법의 기본 원칙을 흔들어선 안 됩니다.

반대측 : 누가 봐도 의사를 결정할 수 있는 상태인데 심신미약자라고 뒤늦게 우기면서 감형을 요구하는 경우가 있지 않겠습니까? 실제로 재판에서 변호사들이 변호전략의 하나로 심신미약을 주장하는 경우가 점점 늘고 있다고 합니다. 예전엔 깊은 반성, 가정환경 등의 사정을 이유로 판사의 선처를 호소했는데, 요즘은 심신미약 혹은 심신상실을 형의 감

경을 위한 중요한 변호 전략으로 사용하고 있다고 합니다. 법의 맹점을 이용하는 것입니다.

찬성측 : 심신상실의 이유만으로 무조건 형사적 책임을 면해 주는 것이 아닙니다. 청와대에 올라온 청원에는 "나쁜 마음먹으면 우울증 약 처방받고 함부로 범죄를 저지를 수도 있습니다"란 내용이 있었습니다. 그러나 형법 제10조 제3항 '위험의 발생을 예견하고 자의로 심신장애를 야기한자의 행위는 심신미약 규정을 적용하지 아니한다'에 따르면, 이 경우 심신미약이 적용되지 않습니다. 또한 평소에 우울증이나 조현병 등, 심신미약의 증세가 있다 하더라도, 범죄를 저지를 당시에 심신미약의 상태에 있었다고 확실하게 볼 수 없는 한, 심신미약 조항은 적용되지 않습니다.

　게다가 최근에는 심신미약 조항 적용이 더욱 엄격해지는 추세입니다. 특히 술을 먹고 벌인 범행에 대해서는 더욱 그렇습니다. 주취 감형은 조두순 감형 이후 아주 드물게만 인정되었습니다. 그만큼 심신미약에 의한 감형은 까다롭고 엄격하게 적용되고 있습니다. 이런 사정에서 감경 조항 자체를 없앤다면, 우리 사회의 약자인 이들 심신장애자들의 인권을 최소한도로 보호하는 방어막이 사라지게 되는 것입니다.

사회자 : 마지막으로 찬성 측, 반대 측 최종변론 해주시기 바랍니다.

찬성측 : 심신미약자는 자신의 의지로 범죄를 저지른 것이 아닙니다. 의도적이지도 않았습니다. 그렇다고 해서 무조건 책임이 없다고 주장하는 것도 아닙니다. 이미 그들이 저지른 범죄사실이 입증된다면, 그에 따른 적절한 형량을 선고 받고 있습니다. 그리고 이러한 형량은 심신미약자이기 때문에 일반 범죄자들보다 조금 적을 뿐입니다. 즉, 심신미약때문에 형이 감경되는 것이지, 형 자체를 받지 않는 것이 아닙니다. 감형이라는 말이 오해를 불러일으키고 있는 것입니다. 그들에겐 그런 형량조차 이미 충분합니다. 다시 말해, 심신 미약자들은 정해진 법에

따라 기존의 형벌 규정보다 조금 적은 처벌을 받고, 이를 통해 충분히 교화될 수 있습니다. 만약 심신 미약자들의 의사결정 능력이 미흡해 범죄가 발생했다면, 우리 사회는 이들을 보듬고 치료의 기회를 제공하여 심신미약자로서가 아닌 정상인으로서 다시 사회로 복귀할 수 있게 노력하는 것이 먼저 아닐까요?

반대측 : 심신미약감형은 이제 심신미약 범죄자를 가려내는 것이 아니라 오히려 남용되고 있는 실태입니다. 심신미약 감형을 염두에 두고 범죄를 저지르는 등, 법 규정을 악용하는 사례가 늘고 있으며 판사들이 감형 조건을 너무 넓게 그리고 자주 적용하여, 선고 형량이 범죄의 중대함에 비해 너무 가벼워지고 있습니다. 이를 토대로 해서 볼 때, 심신미약감형은 범죄를 증가시키는 촉진제가 될 수 있다고 예견할 수 있습니다. 심신미약을 판정 내리는 것은 전문가들에게도 매우 어려울 정도로 그 기준이 모호한데, 법적으로 그 기준도 모호한 상태에서, 심신미약 감형이 계속된다면 형법이 제 역할을 다하지 못하는 것이라고 볼 수 있습니다. 범죄로 인해 발생하는 피해자의 장기적이고 지속적인 정신적 트라우마는 한 사람의 인생을 송두리째 바꿔놓을 수 있습니다. 피해자의 정서적 면까지 보호하는 것이 국가의 의무이고, 국가는 이 의무을 회피해서는 안 됩니다. 범죄자의 권리보다는 피해자의 인권을 더 우선 고려해야 하기에, 심신미약에 의한 감형을 해서는 안 됩니다.

사회자 : 네, 지금까지 토론 잘 들어보았습니다.

찬성 측의 의견은 심신 미약자의 범죄는 일반 범죄와 달리 의사결정 능력이 없는 상태, 즉 올바른 상황판단을 할 수 없는 상태에서 저질러지는 것이기 때문에, 형벌이 감경되어야 하며, 심신 미약자의 감형 판결은 판사의 권한이기 때문에 존중해주어야 한다고 했습니다. 반대 측의 의견은 심신 미약 조항을 악용한 범죄가 늘고 있고, 심신 미약자에 대한 감형은 피해자들의 입장을 전혀 고려하지 않고 집행되고 있다고 이렇게 정리되었습니다.

(토론 후 청중의 찬/반 의견에 대해 거수로 진행함)

이상으로 토론을 마치도록 하겠습니다. 감사합니다.

2) 연설하기

다음의 두 가지 연설은 연설을 통해 청중에게 감동을 전하는 것이 어떤 것인가를 보여 주는 표본이라 할 수 있다. 이처럼 사람들의 심금을 울릴 수 있는 연설문을 작성하고 실제 실행해 보도록 하자.

1. 이라크 소녀의 연설문[6] (미국 반전 집회중에서 행함)

사람들은 이라크에 폭탄을 떨어뜨린다고 하면, 군복을 입은 사담 후세인의 얼굴이나, 총을 들고 있는 검은 콧수염을 기른 군인들이나, 알라시드 호텔 바닥에 '범죄자'라는 글씨와 함께 새겨진 조지 부시 전 대통령의 얼굴을 떠올립니다. 하지만 이걸 아세요? 이라크에 살고 있는 2,400만 명 중에서 절반 이상이 15세 미만의 어린이들이라는 걸.

이라크에는 1,200만 명의 아이들이 살고 있습니다. 바로 저와 같은 아이들이요. 저는 열세 살이니까, 어떤 아이들은 저보다 나이가 좀 많을 수도 있고, 저보다 훨씬 어릴 수도 있고, 남자 아이일 수도 있고, 저처럼 붉은 머리가 아니라 갈색 머리일 수도 있겠죠. 하지만 그 아이들은 바로 저와 너무나 비슷한 모습의 아이들입니다.

저를 한번 보세요. 찬찬히 오랫동안. 여러분이 이라크에 폭탄을 떨어뜨리는 걸 생각했을 때, 여러분 머릿속에는 바로 제 모습이 떠올라야 합니다.

저는 여러분이 죽이려는 바로 그 아이입니다. 제가 운이 좋다면, 1991년 2월 16일 바그다드의 공습 대피소에 숨어 있다가 여러분이 떨어뜨린 '스마트' 폭탄에 살해당한 300명의 아이들처럼 그 자리에서 죽을 겁니다.

---

6) 미국 커닝햄 중학교에 다니는 이라크 출신 13세 소녀 샬롯 앨더브런(Charlotte Aldebron)의 호소문.

그날 공습으로 엄청난 불길이 치솟았고, 벽에 몰려 있던 아이들과 어머니들은 형체도 없이 타버렸습니다. 아마 여러분은 승리를 기념하기 위해서 돌더미에 붙어 있는 시커먼 살조각을 떼어낼 수 있을 겁니다.

하지만 제가 운이 없다면, 바로 이 순간 바그다드의 어린이병원의 '죽음의 병실'에 있는 열네 살의 알리 파이잘처럼 천천히 죽게 될 겁니다. 알리는 걸프전에서 사용한 열화 우라늄탄 때문에 악성 림프종이라는 암에 걸렸습니다.

어쩌면 저는 18개월된 무스타파처럼 '모래파리'라는 기생충이 장기를 갉아 먹는 병에 걸려서 손을 써 볼 수도 없이, 그저 고통스럽게 죽어갈 겁니다. 믿기 어렵겠지만, 무스타파는 단돈 25달러밖에 안 되는 약만 있으면 완전히 나을 수도 있습니다. 하지만, 여러분이 이라크에 취한 경제봉쇄 때문에 이라크에는 약이 없습니다.

아니면 저는 죽는 대신, 살만 모하메드처럼 겉으로는 보이지 않는 심리적 외상을 안고서 살아갈 수도 있습니다. 살만은 1991년 여러분이 이라크를 폭격했을 때 여동생과 함께 간신히 살아남았지만 아직도 그 공포에서 벗어나지 못하고 있습니다.

살만의 아버지는 온 가족을 한 방에서 함께 자게 했습니다. 모두 다 살든가, 아니면 같이 죽고 싶어서. 살만은 아직도 공습 사이렌이 울리는 악몽 속에서 살아가고 있습니다.

아니면 저는 걸프전이 벌어졌던 세 살 때 여러분의 손에 아버지를 잃은 알리처럼, 고아가 될 겁니다. 알리는 3년 동안 매일같이 아버지 무덤에 덮인 먼지를 쓸어내리며 아버지를 찾았습니다.

"아빠, 이제 괜찮아요. 이제 여기서 나오세요. 아빠를 여기에 가둔 사람들은 다 가버렸어요"라고. 하지만 알리는 틀렸어요. 아버지를 가둔 그 사람들이 다시 돌아올 것처럼 보이니까요.

아니면 전 걸프전이 벌어져서 학교에 가지 않아도 되고 늦게까지 밤을 샐 수 있었다고 좋아했던 루아이 마예드처럼, 아무렇지도 않게 받아들일 수도 있을 겁니다. 하지만 루아이는 지금 학교에 갈 수 없어서 길에서 신문을 팔며 살아가고 있습니다.

이 아이들이 바로 여러분의 아이들이거나, 아니면 조카나 이웃집 아이들이라고 생각해 보세요. 여러분의 아들이 사지가 절단되어서 고통 속에 몸부림치고 있는데도, 아들의 고통을 덜어 줄 수도 없고 편안하게 해줄 수도 없이 그냥 무기력하기만 하다고 생각해 보세요.

여러분의 딸이 무너진 건물의 돌더미에 깔려서 울부짖고 있는데, 구해 줄 수 없다고 생각해 보세요. 여러분의 아이들이 자기 눈앞에서 여러분이 죽는 걸 보고 나서, 굶주린 채로 혼자서 이 거리 저 거리를 떠돌아다닌다고 생각해 보세요. 이건 액션 영화도 아니고, 공상 영화도 아니고, 비디오 게임도 아닙니다. 바로 이라크의 아이들이 처한 현실입니다.

최근에 한 국제 조사단이 전쟁이 벌어질 가능성이 있는 지금, 아이들이 어떤 영향을 받고 있는지 알아보기 위해서 이라크를 방문했습니다. 조사단이 만나 본 아이들 중 절반이 자신은 이제 더 이상 살 필요가 없다고 말했습니다.

아주 어린 아이들까지도 전쟁이 뭔지 알고 있고 전쟁을 두려워하고 있습니다. 다섯 살짜리 아셈에게 전쟁이 뭐냐고 물었더니, 아셈은 전쟁이 "총과 폭탄에 날씨는 춥거나 덥고, 우리가 불에 타게 되는 것"이라고 말했습니다.

열 살 먹은 아에사는 부시 대통령에게 이렇게 전해 달라고 말했습니다. "이라크의 수많은 아이들이 죽을 거예요. 당신이 TV에서 아이들이 죽는 걸 보게 되면 후회할 거예요."

저는 초등학교에 다닐 때 다른 아이들과 문제가 생기면 때리거나 욕을 하지 말고, 대신에 '나'라는 단어를 사용해서 대화를 하라고 배웠습니다. '나'라는 단어를 사용해서 대화를 하게 되면, 상대방이 한 행동 때문에 자신이 어떤 기분이 들었는지 상대방이 이해할 수 있기 때문에, 그 사람이 제 기분을 이해하게 되면서 하던 행동을 멈출 수 있습니다. 저는 지금 여러분에게 그게 '나'라고 생각해 보라고 말하고 싶습니다. 그러면 '나'는 '우리'가 될 수도 있습니다.

이라크에 사는 모든 아이들처럼, '우리'는 지금 뭔가 끔찍한 일이 벌어지는 걸 속수무책으로 기다리고 있습니다. 세계의 다른 아이들처럼, '우리'는 아무것도 결정할 수 없고, 그 모든 결과 때문에 고통받아야 합니다. 지금 '우리'의 목소리는 너무 작고 너무 멀리 떨어져 있어서 사람들에게 들리지 않고 있습니다.

우리는 우리가 언제 죽을지 모를 때 두렵습니다. 우리는 사람들이 우리를 죽이려 하거나 다치게 하거나 미래를 훔치려 할 때 화가 납니다. 우리는 내일도 엄마와 아빠가 살아 있기만을 바랄 때 슬퍼집니다. 그리고 마지막으로, 우리는 우리가 뭘 잘못했는지 모를 때 혼란스럽습니다.

–"여러분은 내 모습을 떠올려야 합니다"에서

2. 에이브라함 링컨의 연설

여러분 내가 이 고별에 임해서 느끼는 적막한 감정은 나와 같은 입장에 서지 않는 한 아무도 이해될 수 없는 감정입니다. 오늘날의 내가 있게 되기까지는 모든 것이 이 땅과 여러분의 호의에 의해 이루어졌습니다. 나는 이 땅에서 한 세기의 사분의 일을 보냈고 청년으로부터 노년에 이르렀습니다.

나의 자녀는 이 땅에 태어나서 그 중에 하나는 여기에 매장되어 있습니다. 나는 지금 이 땅을 떠나려 하고 있습니다마는 언제 또 여기 돌아올 수 있을는지 그 기회의 유무조차 알지 못합니다. 나에게는 워싱턴 이상의 큰 임무가 부여되어 있기 때문입니다. 워싱턴을 지켜 주신 하나님의 도움이 없다면 나는 성공할 수가 없습니다. 하나님의 도움이 있으면 나는 실패하지 않을 것입니다.

나와 함께 계시고 항상 여러분과 함께 계시고 이르는 곳마다 은혜를 내려 주시는 하나님께 의지함으로써 모든 일이 선한 열매를 맺게 될 것을 희망하도록 합시다. 하느님의 가호가 여러분 위에 충만하시기를 빕니다. 그리고 또 내 위에도 하나님의 도우심이 있으시도록 여러분께서 기도해 주시기 바랍니다. 그러면 여러분 안녕히 계십시오.

–에이브라함 링컨의 '스프링필드의 고별 연설'에서

3) 설교하기

빌리 그래함 목사의 설교

결정의 순간 – 폭포 위를 가로지른 밧줄[7)]

　나는 「나이아가라」 폭포에서 생겼던 한 가지 일을 알고 있습니다. 한 사나이가 폭포 위에 가로지른 팽팽한 밧줄 위에서 200파운드나 되는 진흙을 실은 외바퀴 수레를 앞뒤로 밀고 끌면서 묘기를 부리고 있었으며 수많은 군중들은 이것을 보고 있었습니다. 그 남자가 "내가 사람 하나를 끌고 이 밧줄을 건너갈 수 있었다고 믿는 사람은 몇 분이나 계십니까?" 하고 묻자, 한 구경꾼이 "문제없이 당신은 해낼 거요."하고 흥분된 목소리로 외쳤습니다. 그러자 밧줄 위에 서 있던 사람은 이렇게 말했습니다. "좋소, 그럼 당신이 먼저 이 수레에 타시오." 그러나 소리를 지르던 사나이가 수레에 타는 모습은 아무도 볼 수 없었습니다. 그것은 무슨 까닭이었을까요?

　그는 그것을 믿는다고 말했습니다. 그는 자기가 믿고 있다고 생각했던 것입니다. 그러나 그에게는 외바퀴 수레를 끌고 있는 그 사람에게 자신을 내맡길 만큼의 믿음은 갖고 있지 않았던 것입니다. 많은 사람들이 자기들은 종교를 믿고, 하나님을 믿으며, 그리스도를 믿는다고 말합니다. 그러나 그들은 그들 자신과 그들의 생활을 예수 그리스도에게 맡기려고 하지는 않습니다.

　만일 당신이 믿음으로 당신을 그리스도에게 맡기지 않는다면, 당신의 생활은 닻줄이 끊긴 배처럼 될 것입니다. 그렇게 될 때 당신은 시험에 들어 괴로움을 당하고 폭풍이 걷잡을 수 없게 밀어닥치며, 당신의 영혼은 평화를 맛볼 수 없게 될 것입니다. 그러나 그리스도께서는 당신에게 평화를 주시기를 원하십니다(요 14:27).

　당신은 그리스도를 신뢰하십니까? 아마도 당신의 신앙은 매우 작고 약할 것입니다. 그러나 문제는 신앙이 얼마나 큰가하는 데에는 있지 않고, 오히려 그 신앙이 어디를 향하고 있느냐 하는 것이 중요합니다. 과연

---

7) 홍동근 역, 『결정의 순간』(빌리 그래함 설교집), WLC문고 9, 1968, pp.113~114.

당신의 신앙은 당신의 죄를 위하여 십자가 위에서 죽으신 하나님의 아들 그리스도를 향한 것입니까?

나이아가라 폭포 위에 있는 공중 다리의 시초는 연에 연결된 가느다란 실에서 비롯되었습니다. 바람이 좋으면 연은 폭포를 가로질러 건너편으로 날아갔습니다. 그러면 연의 실에 노끈을 매고, 그것을 잡아당겨 노끈 사다리를 만들었으며, 다음에는 노끈에 밧줄을 매고 그것을 끌어 당겨 폭포를 가로질러 가도록 했습니다. 이렇게 함으로써 밧줄 다리를 놓을 수 있었던 것입니다.

지금 당신의 신앙은 가느다란 실과 같은 것입니다. 그 실이 지극히 작고 약할지도 모르나, 당신은 그 신앙 위에서 행동하십시오. 그리고 그리스도를 주와 구주로 받아들이십시오. 그리하여 그로부터 당신의 영혼이 평화와 기쁨을 얻게 하십시오. 또 당신은 패배와 혼돈으로 가득 찬 당신의 생활을 그리스도의 힘으로 변화시켜, 목표와 평화가 깃든 생활이 되도록 하십시오. 당신이 그분을 믿는 신앙을 가지게 될 때, 그리스도께서는 이 모든 일을 하실 수 있으며 또한 그 분께서는 하고야 마실 것입니다.

4) 인터뷰하기

아래에 제시한 사회적 문제들을 다음처럼 인터뷰형식을 빌려 표현해 보자. 질문자는 인터뷰 대상자가 질문의 요지를 잘 파악할 수 있도록 먼저 질문 사안에 대한 개요를 설명하고, 문제의 초점을 짚어 주어 답변이 산만해지지 않고 구체성을 띠도록 돕는다. 특히 찬반양론이 첨예하게 대립되는 사회 문제이므로 불편부당한 태도를 견지해야 한다. 특정 의견에 편승하도록 의도적 질문을 던지지 말고, 인터뷰 대상자가 자유롭게 자신을 생각을 말할 수 있도록 분위기를 조성한다. 인터뷰 내용을 질문자가 반복해 주고 인터뷰 대상자의 동의를 얻도록 한다. 즉 "지금 말씀하신 것이 이런 내용이지요?"식으로 반복해서 확인하면 될 것이다.

오늘날 대학생의 음주문화와 흡연실태

앵커: 어제 저녁 모 대학의 신입생 환영회에서 한 남학생의 비참한 죽음이 전해졌습니다. 안타깝게도 숨진 학생의 사망 원인은 지나친 음주의 결과였습니다. 요즈음 우리나라 대학생들의 잘못된 음주문화와 더불어 흡연문제의 심각성에 대하여 ○○○ 기자가 보도합니다.

기자: 저는 지금 사건이 일어난 현장에 와 있습니다. 각자 꿈을 안고 입학한 학생들과 선배의 만남을 위한 자리가 이렇듯 한 학생의 비극적 죽음을 초래하게 될 줄은 아무도 몰랐습니다. 이 시간 저는 어제 환영회에 참석했던 한 학생을 만날 수 있었습니다.

학생1: 대학에 입학하면 중, 고등학교 때 금지되었던 모든 일들을 할 수 있다는 생각에 즐겁기만 했습니다. 어제 선배들의 행동은 너무 지나쳤어요. 술을 처음 마시는 신입생들에게 신고식이라면서 갖가지 이물질을 섞은 '폭탄주'를 억지로 먹이다니. 그걸 먹고 어디 제 정신이었겠어요? 몸두 가누지 못하는 친구를 학교 전통이라면서 물에 빠뜨리다니…

기자: 미래를 안고 입학한 대학에서 날개조차 펼치지 못한 채 한 학생이 숨을 거뒀습니다. 요즈음 청소년들은 이미 중, 고교 시절부터 음주와 흡연을 시작하고 있는 것이 현실입니다. 그리고 이런 우리 청소년들의 모습은 그릇된 음주문화를 형성하였습니다. '먹고 죽자'는 우스갯소리 아닌 말을 하며 스스로를 타락의 길로 몰아가고 있는 것입니다. 또한 학생들은 한결같이 '선배는 하늘이다'라는 식의 사고를 가지고, 따르는 술을 거부하는 것은 죽음이라는 협박 아닌 협박을 당하고 있습니다. 그런 음주문화에 길들여진 것과 더불어 흡연문제도 생각해 볼 문제입니다.

학생2: 동기생들과 어울리고 선배들과 친목을 다지려면 어쩔 수 없어요. 담배 한 대 나눠 피면 정말 쉽게 친해질 수 있거든요.

학생3: 요즈음 여대생들이 얼마나 자율적인지 아세요? 남이 보든 말든 그건 각자의 판단에 달린 거죠! 저도 이제 성인이고 제 앞가림 다 할 수 있는데 뭐 어때요? 그리고 제일 큰 이유는 남들이 다 하는데 저만 못하면 왠지 뒤쳐지는 것 같아서… 이걸 한 대 피우면 멋있어 보이잖아요? 남녀평등이라고 저는 길에서도 피우는 걸요.

기자: 현재 우리 대학생들은 너무나 그릇된 사고에 빠져있습니다. 억압 되었던 청소년기를 떠올리며 화산처럼 폭발하고 있는 건 아닌지 모르겠습니다. 또한 남이 한다고 해서 모두가 똑같이 해야 한다는 식의 사고방식은 바로 잡아야 할 것입니다. 이상 MBS ○○○이었 습니다.

토론과 논리적 글쓰기 교육의 연계

– 협력학습으로서의 토론과 논리적 글쓰기

1. 비판적 사고의 대화적 본성

대학이 모든 학생들에게 꼭 갖추도록 하여야 하는 필수 능력은 생각하는 능력 (thinking skill)이다. '생각하는 능력'이라는 표현을 서구 대학의 교육과정에서 통용되는, 어느 정도 정식화된 용어를 사용하여 바꾸면 '비판적 사고'(critical thinking)이다. 버클리 대학교에서 〈Critical thinking : Rethoric〉이라는 제목의 강좌는 '논증의 이론적 · 실제적 전개에 맞춘 수업'이라고 정의된다.[8] 비판적이라는 단어가 거느린 부정적 속성 때문에, 이 용어가 종종 기피되지만, 어떤 개인 혹은 어떤 사회가 '비판'이라는 용어에서 부정적 인상을 가진다는 사실 자체가 그 개인 혹은 사회의 경직된 사고, 나아가 권위주의적 문화를 암시한다.

한국의 대학 교육 현장에서도 역시 '비판적 사고'라는 용어를 피하기 위해 다양한 유사 표현들을 고안하였다. 만약 당신이 '비판적'이라는 용어에서 부지불식간에 부정적인 인상을 받는다면, 그 반대어인 '무비판적'

---

8) Christian Plantin의 『논증 연구』에서 자료를 얻음.

  Christian Plantin, 장인봉 역, 『논증연구 : 논증발언 연구의 언어학적 입문』, 고려대학교 출판부, 2003, p.354.

이라는 용어를 떠올려보길 권한다. '무비판적'이라는 용어에서 받은 부정적 인상이 '비판적'이라는 용어의 부정적 인상을 압도할 것이다. 비판적이라는 평판이 꺼려진다고 해서, 무비판적이라는 평판을 얻기를 원하는 사람은 그다지 많지 않을 것이다.

'비판적'(critcal)이라는 단어는 위기 (crisis)에서 파생된 단어다. 영어 크리시스의 어원은 그리스어 크리시스 (κρίσις)이다. 카를로 보르도니가 『위기의 국가』에서 설명한 바를 따르면 '크리시스'는 어원적으로 '판단', '재판결과', '전환점', '선택', '결정' 등의 의미를 갖고 있고, '논쟁', '언쟁'이라는 뜻도 있다. 여기서 파생된 크라이티어리언 (criterion)은 '판단기준', '판별능력'을 뜻하며, 크리티컬 (critical)은 '판단에 적합한', '매우 중요한', '결정적인' '판단의 기술과 관련 있는' 등의 뜻을 갖는다.[9]

어원적인 의미와 연결해 '비판적'이라는 단어가 함축하는 뜻을 살펴본다면, 가장 넓게는 1. '판단의 기술과 관련 있는'이라는 의미이다. 그리고 재판결과 및 논쟁이라는 뜻을 연관지운다면, 이 용어는 2. 대립된 주장, 생각, 판단이 제시되는 상황을 전제한다. 그리고 3. 어떤 선택, 결정이 일어난다. 이를 정리하면, '비판적 사고'는 '대립된 주장, 생각, 판단이 제시된 상황에서, 적절한 판단의 기준과 판단의 기술을 사용하여, 어떤 선택, 혹은 결정에 도달하는' 일련의 사고과정이자 사고능력을 의미하게 된다.

물론 위의 설명에 대해서, '판단의 능력과 기술을 사용하여 어떤 선택, 결정에 도달하는 과정에 대립되는 주장이나 생각이 꼭 전제되지 않는다.' 는 이의가 제기될 수 있다. 그러나 툴민이 적절히 표현하였듯, 어떤 주장의 본성이 어떠하든, 주장을 제기하는 일은 모두 "모험"이다. "왜냐하면 우리는 즉시 다음과 같은 질문을 받을 수 있기 때문이다. 즉 '당신은 왜

---

9) 지그문트 바우만·카를로 보르도니, 안규남 역, 동녘, 2014, p.15 참조.

그렇게 보시나요?"[10] 즉, 어떤 성격의 주장이든, 예컨대, 내일의 일기예보에도, 그에 대한 도전은 언제나 일어나는 것이고, 그 도전에 응하여 자신의 주장을 뒷받침하기에 적절하고 충분한 자료, 사실들, 기타 근거들을 제시하는 것, 나아가 대립자의 주장을 효과적으로 잠재울 반박의 구성이 발언자의 과제이고 임무가 된다.

대립된 주장, 생각, 판단이 전제된다는 사실에서 '비판적 사고'의 가장 중요한 특징이 대화적 본성이라는 사실을 알 수 있다. 비판적 사고는 상대의 관점에서 사실들, 자료들, 근거들을 점검하고, 상대의 주장과 근거가 받아들일만한 것이다, 는 판단에 도달했을 때 기꺼이 자신의 최초의 입장을 바꿀 수 있는 능력이기도 하다. '비판적 사고'는 그 용어에 드리워진 그림자에도 불구하고 생산적이고 건설적인 대화(dialogue)와 효과적인 의사소통(communication)에 필수적인 능력이며, 협력적 대화의 기초다. 대학에서 비판적 사고의 교육은 학생들에게 생각하는 능력을 전수하는 일이고, 생산적이고 대화적인 사고의 방법을 가르치는 것이다.

2. 토론 및 논증 수업과 논리적 글쓰기 수업의 연계

비판적 사고의 교육은 의사소통 관련 교육에서 읽기, 말하기, 쓰기, 듣기의 전 영역에 걸쳐 필수불가결한 것이지만, 비판적 사고의 본질인 대화적인 성격을 고려할 때, 가장 특권적인 영역은 '토론'이다. 비판적 합리주의의 가장 강력한 옹호자인 칼 포퍼는 토론에 참가한 사람들에게 "필요한 것은 단지 토론하고 있는 상대로부터—그가 말하고자 하는 내용을 진심으로 이해하고자 하는 것을 포함해서—배우고자 하는 마음가짐이

---

10) 스티븐 E. 툴민, 고현범·임건태 역, 『논변의 사용』, 고려대학교 출판부, 2003, p.34.

다"고 말한다.

토론(debate)은 "일방의 주장 (예측, 판단, 평가 등)과 그에 대립하는 상대방의 주장 (예측, 판단, 평가 등)에 대해 토론참가자들이 번갈아가며 자기 주장의 옳음과 상대 주장의 그름을 입증해가는 과정"이다. 그런 점에서 토론은 순서교체적 논증이고, 상호소통적인 논증(argumentation)이다. 역으로 논증(argumentation)은 사람들의 머릿속에서 진행되는 토론의 과정을 일련의 순서에 따라 드러내는 발화의 방식이고, 의사소통 행위의 유형이다. 논증을 준비하는 자는 이상적인 적수를 상상하면서, 논증을 전개한다. 토론과 논증을 실제로 구별하는 일은 의견의 차이(대립 상대방)가 공개적으로 나타나고 있는지 아닌지의 문제다. 물론 실제 토론은 뒤죽박죽이지만, 잘 전개된 토론은 논증으로 재구축될 수 있다.

토론의 형식은 매우 다양하지만, 기본 과정은 모든 토론에서 거의 비슷하다. 그리고 이러한 토론 과정은 그대로 논증으로 재구축될 수 있다.

〈찬반팀 입론 (찬성측과 반대측의 주장 및 근거 제시) → 반론 혹은
   교차질의 → 최종변론〉

(1) 찬성측이 가장 먼저 하는 일은 토론의 필요성을 밝히고, 토론의 범위를 한정하고, 중요 용어나 개념을 정의하는 일이다. 그리고 반대측은 찬성측이 제시한 용어나 개념 정의 및 토론의 범위에 대해 조정(재정의)을 요구할 수 있다. → 논증글쓰기에서 논제를 제시하는 단계, 논제의 의의와 가치를 보여주고, 논증의 범위와 맥락 등을 밝히며, 용어와 개념을 정의한다.

(2) 찬반팀이 각각 주장을 여러 근거들로 뒷받침한다. 근거들은 주장을 입증하기에 적절해야 하고 충분해야 한다. → 논증글쓰기에서 주장을 입증하는 과정이다.

(3) 찬반팀이 각각 상대의 주장에 대해 반론하고, 상대의 반론에 대해 재반박한다.→ 논증글쓰기에서 상상적 적수의 반론을 예상하고, 반박을 잠재우는 과정이다.

(4) 최종변론에서 양측은 자신의 입장을 요약정리 한다. 이 단계에서 설득력을 강화하기 위해 정서적 표현을 사용하거나 개인적 이해관계 등에 호소하여 설득력을 강화하기도 한다. 또는 상대방의 입장에 대한 존중을 (제한적인 수준에서) 보여주기도 한다→ 논증글쓰기에서 결론이다.

토론을 논증으로 재구축할 때 유의할 점

(1) 토론을 논증으로 재구축할 때는 토론 진행의 순서와 동일한 순서를 꼭 따를 필요는 없다. 대체로 여러 가지 사실들과 자료들을 제시하고 그것에서 도출된 결론을 제시하는 것이 자연스럽다.

토론의 순서를 그대로 따르자면, 논증글은 대략

〈논제와 주장의 제시 → 근거 대기→(예상)반박논거 밝히기→반박 잠재우기→ 주장의 재확인과 강조〉와 같은 모습이 되는데, 이보다 더 자연스러운 논증글은,

〈논제의 제시 → 논거(반대논거 포함)를 제시하며 검토하기 → 자기주장을 뒷받침하는 근거를 연결하기 → 최종적 결론으로서 주장 제시〉와 같다.

(2) 실제로 논증으로만 구성되는 글은 없다는 사실을 학생들에게 주지시켜야 한다. 수업에서 토론을 논증으로 재구축하는 훈련을 통해 익히게 되는 논증은 '기본논증'으로서 다른 형식의 글쓰기기법들, 서사, 묘사, 설명들과 연결되어 보다 복합적으로 구성되고 편입된다.

이러한 '기본논증'의 구성능력을 교육할 필요성을 가장 잘 보여주는 경우는 개인적이고 감상적인 글을 평론이나 에세이로 진전시키는 글쓰기

훈련 과정이다. 쉽게 말해 독후감을 평론으로 진전시키고, 영화감상문을 영화리뷰로 진전시키는 과정에서 논증훈련의 효과가 가장 잘 나타난다.

특정 주제에 대해서 자유로이 써내려간 개인적 단상의 글(경수필)을 보다 논리적이고 진지한 에세이로 진전시키는 과정, 논문과 보고서 등의 쓰기에 엄정성과 정확성을 지키는 기술과 능력 등과도 연관된다. 이 모두에 앞서 특히 논증구성 교육이 대학글쓰기교육에서 실천적 의미와 중요성을 갖는 가장 대표적인 경우는, 보고서 작성에서 특정 주제와 연관된 자료들을 일관성 있게 연결하고 종합하여, 결론으로 조직하는 능력 및 기술을 갖추게 하는 훈련이다.

대학 신입생들, 혹은 글쓰기능력 수준이 낮은 학생들의 경우, 보고서 작성 때 관련 자료들을 연결하지 않고, 단지 열거하는 경우가 대다수이기 때문이다. 그런 학생들에게서 나타나는 공통의 보고서 작성 습관은, 자료들을 열거 제시하는 단락과 결론 단락의 내용상, 형식상의 분리다.

3. 협력적 대화로서 토론과 글쓰기 연계 과정의 실제

토론과 글쓰기의 연계 수업의 가장 큰 장점은 교수의 개입을 최소화할 수 있다는 사실이다. 어떤 주제에 대해 토론이 진행될 때, 토론참여자와 청중 모두 해당 사안에 대해 폭넓고 깊은 조망을 할 기회를 갖게 된다. 특히 사람은 자신의 주장을 전개할 때보다 상대의 비판을 받으며 색다른 주장을 들을 때, 훨씬 더 예리한 분석자가 되기 때문에, 토론자들은 서로 상대방의 논증의 취약점이나 허점을 발견하고 지적해줌으로써, 자신들의 논증을 재검토하고 재정리할 기회를 제공해주는 셈이다. 얼핏 대립과 대결로 끝나는 듯하게 보이는 것이 토론이지만, 사실은 서로 자신들의 논증을 완성하는데 기여하게 된다.

칼 포퍼는 다음과 같이 말한다. "비판적, 합리적인 방법의 가치는 토론에 참가한 사람들이 어느 정도까지 자신의 의견을 바꾸어, 토론을 마치고 헤어질 때는 전보다 현명해진다는 사실에 있다"[11]

그러므로 어떤 학생이 특정 주제를 두고 글을 쓸 때에, 토론 이전에 쓴 글보다 토론에 참여하고 난 후에 쓴 글의 수준이 더 높으리라는 기대는 자연스럽다. 다음은 두 학생이 토론 시에 쓴 입론 글로서, 이를 토대로 진행한 토론에서 반론에 부딪힌 후 수정보완하여 다시 쓴 글을 비교 예시해 보았다.

수정되기 전 글 예시 1.

취업을 목적으로 하는 대학진학의 불필요성

⑴ '취업을 목적으로 할 때 대학을 꼭 가야하는 것인가'에 대한 이번 토론에서 반대입장에 선 000입니다

　4년제 대학을 나오게 되면 일단 4년 동안 충당해야하는 등록금으로 인해 대출 빚에 시달리다가 우울증에 걸리거나 자살하는 학생들의 사건이 보도되고 있습니다. 통계청 자료에도 고졸자보다 대졸자의 자살충동률이 더 높게 나왔다고 합니다.

－ 주장의 명확성: 대학진학이 군이 취업을 위한 것이라면 필수적인 것은 아니다 에 주장의 초점을 맞추어야 함

－ 자료의 신뢰성: 교육수준이 낮을수록 자살률이 높아진다는 반대측 통계자료도 나와있기에 입론자료에 대한 신뢰도가 결여

－ 주장과 근거의 관련성: 취업을 목적으로 하는 대학진학이 불필요하다는 것과 대졸자의 우울증, 자살충동이 실제적 관련성을 갖는가?

---

11) 칼 포퍼, 이한구 역, 『추측과 논박 2』, 민음사, 2001, p.210.

(2) 저는 대학을 가는 첫째 목적이 취업이라고 생각합니다. 그런데 이제 취업은 굳이 대학을 나오지 않아도 할 수 있으며 하루 빨리 취업해서 실전경험을 야무지게 쌓고 있는 제 친구들이 주변에 많은 것도 저로 하여금 대학가는 것만이 전부는 아니라고 생각하게 합니다.

– 자료의 편향적 사용: 질 높은 취업을 위해 대학진학이 필요한 것인데 굳이 대학을 나오지 않아도 취업할 수 있으며 많은 친구들이 실전경험을 쌓고 있다는 것을 강조한 입론자는 자신의 입증에 불리한 자료들은 누락시키고 있다.

(3) 대부분의 고교생이 대학진학에 목을 매고 치열한 입시경쟁을 하고 있지만 대졸취업난이 갈수록 심각해지는 현실에서 우리의 교육은 고비용 저효율구조를 벗지 못하는 암울한 현실 속에 있다는 것이 부산대 법학전문대학원 권혁교수의 지적입니다.

– 논점의 자의적 확대: 대부분의 고교생이 대학진학에 목을 매고 있는 현실에서 고비용저효율 교육은 고등학교에도 해당하기에 입론자는 논점을 마음대로 확대시키고 있는 셈이다.

(4) 또한 대졸취업자들은 이직이나 실직이 많은 현실이고 보니 상대적으로 고졸자보다 실직상태에 놓이는 경우도 흔해지고 있습니다. 게다가 조기명퇴자가 늘어나는 실정으로 인해 갈수록 급여가 상승하는 고졸자보다 수입이 낮은 경우도 많습니다. 이상과 같은 이유로 저는 취업을 위해 대학은 필수가 아니라고 생각합니다.

– 자료의 편향적 사용: 대졸 학력자는 평생평균근무기간 27년에 평생평균소득 10억이 넘고, 고졸학력자는 평생평균근무기간이 35년으로 8년이 더 길어도 평균소득 8억 5천만원이 약간 넘는 수준이다. 이직과 실

직, 조기명퇴를 이유로 해서 대학진학을 반대하는 것은 자료를 편향되게 사용한 결과임

수정된 이후의 글 예시 1.

　대학이 취업 준비 기관으로 전락된 지 오래다. 학생들이 치열한 입시경쟁을 견디어 내며 대학진학을 선택한 이유는 대학졸업자의 취업의 기회와 취업의 질이 고졸자에 비해 훨씬 높다는 이유였다. 사회에 진출하기 전, 4년 혹은 그 이상을 대학에서 보내고, 막대한 비용을 들이면서도 대학진학을 선택한 이유는 대졸자와 고졸자의 사회적 지위와 임금격차 때문이었다. 임금격차에 따른 대졸자와 고졸자의 평생 평균소득의 차이만 놓고 보면, 취업 목적을 위해서라면 대학진학은 필수적인 선택으로 여겨질 수 있다.

　그런데 한국의 대졸자와 고졸자의 임금 격차는 점점 줄어들고 있다. 통계청이 최근 발표한 '2018 청소년 통계 결과'에 따르면, 대졸이상 임금을 100이라 놓고 고졸 임금수준을 분석한 결과 2015년 '92.0'에서 2016년 '92.6'으로 0.6 포인트 감소했다. 이 감소의 정도는 크지 않아 보이지만 이 추세가 진행되고 있다는 사실에 주목해야 한다.

　이러한 추세의 진행은 4차산업혁명에 따른 기술의 진보가 대졸 이상의 숙련 근로자의 고용에 충격을 주었다는 분석결과와 더불어 생각하면 더 심각하다. 고졸 이하의 비숙련 근로 또한 심각하다. 고졸 이하의 비숙련 근로자와 대졸 이상 숙련 근로자의 임금 비율이 점점 하락하고 있다고 2018년 7월 한국은행이 발표하였다. 결국 대학졸업장이 고용시장에서 갖는 힘은 점점 줄어들고 있다. 거기에다 고졸자의 평균취업기간이 대졸자에 비해 8년 더 길다는 조사 결과까지 고려하면, 대학졸업이라는 학력이 취업에서 갖게 되는 유리한 점은 거의 상쇄되고 만다. 게다가 대학진학과 졸업 과정, 그리고 취업준비 기간 동안 학생들이 겪어야 하는 정신적 압박과 경제적 궁핍까지 생각하면, 취업을 위한 대학진학은 더욱 무의미하고 때로는 불행한 선택이다.

　2018년 5월 20일 연합뉴스의 기사에 따르면 대졸 취업준비생 약 7명 중 1명이 극심한 취업스트레스로 자살을 생각한 적이 있다는 조사결과가

나왔으며, 취업준비생의 39.5%는 우울증 진단이 가능한 수준의 우울 증상을 경험했다고 답했다고 한다. 이는 대졸 취업준비생의 스트레스가 극심한 것을 분명히 증명하고 있으며, 대졸자의 취업난과 취업의 질적 저하 현상을 반영한다고 해석할 수 있다.

대학졸업이라는 학력이 더 이상 더 나은 일자리와 더 높은 소득을 보장하지도 않을 때, 이러한 극심한 스트레스를 겪고 시간과 비용을 낭비해가며 대학에 진학하는 것은 무분별한 일이다. 따라서 만약 다른 목적이 있다면 몰라도 취업을 목적으로 한 대학 진학은 말리고 싶다.

수정되기 이전의 글 예시 2.

노키즈존의 확대를 반대한다

(1) 안녕하세요 노키즈존 확대 관련해서 반대측 입론을 맡은 OOO입니다 저는 다음 3가지 이유로 노키즈존을 반대합니다.

– 쟁점과 주장의 모호성: 기존의 노키즈존까지 폐지하자는 것인가? 확대만 반대하자는 것인가?

(2) 첫째, 마치 우리사회 모든 부모들이 아이를 잘 돌보지 못하는 무능력한 부모로 내몰리게 된다는 점 때문입니다.

– 비사실성: '모든' 부모를 무능력한 부모로 내모는 일은 사실이 아님. 또한 문제 부모들이 '무능력'한 게 아니라, 역할을 방기하고, 영업에 피해를 주기에 이들을 비도덕적이고 몰상식한 부모로 표현해야 함

(3) 둘째, 부모든 아이든 일단 사람을 차별하는 행위로 여겨지기 때문입니다.

– 자의적 법률 해석: 노키즈존 방침은 차별이 아니라 영업상의 자유에 속한다. 영업상의 자유는 자유주의 경제의 근간이고 헌법이 보장하는 권리임

    (4) 셋째로 또 다른 노xx존이 형성될 여지를 만들게 될 것이기 때문입니다 특정집단의 출입을 배제시키는 일이 계속해서 생겨난다면 우리사회의 인심은 날로 삭막해져갈 것입니다.

– 근거 없는 예측: 취객입장금지, 반려동물금지와 같은 선상에 있으므로 불법적인 차별로 확산될 것이라는 것은 근거없는 예측임
– 공과 사, 법과 윤리의 혼동: 성별, 인종, 나이, 종교에 의한 차별이 아니고 영업인의 선택사항이므로 이는 불법이 아님

    (5) 성인에서도 소위 '진상'이라고 불리우는 사람들의 행동을 저지할 이렇다 할 법안을 마련하지 못하고 있는 현실에서 유독 어린아이를 동반한 부모들에게 제약을 가하는 것은 인지상정으로 볼 때에 너무 과한 것 같습니다 이상과 같은 이유로 저는 노키즈존 확대에 반대합니다.

– 정보의 부족 혹은 왜곡: '진상고객'에 대한 처벌규정은 법률에 있음
– 감정적 판단의 개입: 영업주의 정당한 법적권리를 인지상정으로 제한해서는 안됨

수정된 글 예시 2

    노키즈존이 식당과 카페 등에서 확산되기 시작하고 일반인의 관심사로 떠오르기 시작한 때는 2014년부터다. 이때 같이 유행한 단어가 맘충이다. 아이를 동반한 일부 엄마들이 영업장에서 소란을 피우고 위험한 행동을 하는 아이들을 방치하고 있으며, 이러한 몰지각한 엄마들이 영업을

방해하고 다른 고객의 권리를 침해하고 있다고 주장하며, 노키즈존을 선언하는 영업장들이 늘어나기 시작했다.

노키즈존은 아이의 입장을 금지하는 것 같지만, 사실은 아이를 동반하는 부모, 주로 엄마의 입장을 금지하는 일이다. 어린아이는 본성상 아무리 부모라 해도 완전히 통제하기는 힘들다. 그런데 단지 아이를 통제하지 못한다는 이유로 그 부모를 무능력한 부모라고 비난하고, 나아가 몰지각하고 공중도덕의식이 결핍된 부모로 모는 것은 문제가 있다.

영업장이 공공장소인 것은 분명하고, 공공장소에서는 지켜야 할 예절이 있다는 사실도 분명하다. 그러나 아이들에게 그것을 요구하는 것은 무리다. 실제로 아이들에게 공중예절을 엄격하게 가르쳐 온 일본이나 프랑스에서는 오히려 아이들의 특성을 이해하고 받아들이는 추세다. 오히려 어른들이 아이들의 자연스런 성장과정을 지켜보며 함께 돌보아야 한다는 취지에서 일본에서는 〈떠들어도 좋아〉라는 문구의 스티커를 부착하는 운동이 벌어지고 있다고 한다.

노키즈존이 영업의 자유라는 주장도 물론 근거가 있다. 영업의 자유는 헌법상 보장된 권리다. 그러나 평등권 역시 헌법이 보장하는 권리다. 노키즈존은 아이와 엄마에 대한 부당한 차별이라는 점에서 헌법이 보장하는 평등권을 침해하는 행위다. 국가인권위는 노키즈존 방침이 부당한 차별행위라고 결론짓고, 시정권고를 하였다. 조정희 국가인권위원회 조사관은 '특정한 행동에 대해서만 제재를 가해야지 모든 13세 이하 아동을 전면적으로 제재하는 것은 부당한 차별'로 판단된다고 하였다.

노키즈존은 아이와 엄마에 대한 부당하고 불법적인 차별이며, 따라서 금지되어야 한다. 더욱이 이러한 차별이 맘충이라는 표현을 유행시키며 엄마들에 대한 사회적 냉대와 무시를 더욱 촉진시키고 있다는 사실을 결코 간과해서는 안 된다. 우리나라에서도 노키즈존에 대한 반성이 일어나며 예스키즈존이 조금씩 확산되고 있다. 예스키즈존은 아이들만을 위한 공간인 키즈카페와 달리 다양한 연령의 손님들이 들어온다. 엄마와 아이를 배제하지 않고 공존하고 배려하겠다는 공간인 예스키즈존이 보여주는 공동체 정신을 우리 사회가 다시 기억해 냈으면 좋겠다.

제6장

속담 및 격언에 나타난 지혜

제6장 속담 및 격언에 나타난 말의 지혜

1. 속담의 의미와 기능

속담은 그 민족이 오랜 동안 영위해 온 관행과 문화를 집약적으로 반영하는 응축된 이야기로서 우리말의 멋과 맛을 동시에 담고 있는 걸출한 구술문학이다. 비록 길이가 짧지만 그 뜻만은 길고 깊이가 있어 논의해 볼 가치가 있다고 본다.

본 장에서는 우리 한국 민족이 구사해 온 속담 중에 사물과 인간에 대해 적극적으로 느끼고 생각했던 가치관이 드러나는 것을 중심으로 엮어 보았다. 이에는 생사·재물·체면·언어·마음·출세 및 가족에 관한 것들이 있다. 이처럼 여러 주제별로 갈래지은 후 하나씩 설명해 가면서 속담 속에 숨어 있는 우리 고유의 문화와 언어생활에 나타난 특색을 엿보고자 한다.

가장 한국적이고 토속적인 것이 도리어 세계적인 것과 맥이 통할 수 있다고 생각한다. 그런 측면에서 어단의장(語短意長)의 단시에 해당하는 속담문학은 한국문학의 진수이자 세계적인 문화유산이 될 수 있을 것이다. 본 장을 통해서 한국인 특유의 서정과 인식을 더듬는 동시에 가치관이 공허해 가는 이때, 선조들의 삶과 지혜가 담긴 말문화의 향기를 전달받고자 한다.

2. 주제별 속담 읽기

이에서는 무수한 우리 속담 중에서 의미가 걸출하고 미학적으로 완결성을 갖는 것을 선정하여 주제별로 나누고 그것을 중심으로 해서 의미를 분석해 보았다. "시는 의미와 재미를 동시에 갖추어야 한다"라고 한 로마 시인 호라티우스의 말처럼 속담 역시 그러하다. 속담은 심도 있고 밀도 있게 연구할 문학적 가치를 갖고 있는 한 민족의 단시(短詩)로서 중요한 문화 산물이다. 비록 이 장에서 우리 속담에 대한 전면적인 고찰이 이루어지지는 못했지만 주제별로 읽어 가면서 그 속에 담겨 있는 뜻과 향기를 접할 때 우리 민족의 정서와 인식의 틀을 어느 정도 맛볼 수 있을 것으로 생각한다.

(1) 언어관

•가는 말이 고와야 오는 말이 곱다

사람 사이에 주고받아야 하는 언어의 질과 품격에 대해 격조 있게 훈계해 주는 속담이다. 듣기 싫은 말이 귀에 거슬리는 줄 알면서도 정작 자신이 내뱉은 거친 언어에 대해서 되돌아볼 줄 모르는 우리의 일상을 진단해보도록 만드는 좋은 속담이다.

•가루는 칠수록 고와지고 말은 할수록 거칠어진다

말 많음을 경계하는 속담으로 "말이 많으면 헛것이 나온다"는 성경구절과도 상통하는 속담이다. 많이 칠수록 고와지는 가루에 비해 많이 내놓을수록 정리가 안 되고 거칠어지는 언어의 생리를 빼어난 대구법과 비유를 사용해서 짚어 주고 있다.

•열 번 찍어 안 넘어 갈 나무 없다

여러 번 당부하게 되면 마치 도끼로 찍어 넘어가는 나무처럼 들어 주도록 되어 있다는 뜻이다. 반복해서 청탁하면 이루지 못할 것이 없으며 꾸준한 인내심과 의지를 갖고 설득하게 되면 일을 성사시킬 수 있다는 뜻이다. 지속적인 노력의 위력이 크다는 사실을 시사해 주고 있는 말이다.

• 귀 소문 말고 눈 소문 하라

남으로부터 전해들은 말에는 전해 주는 사람의 의견이 덧붙여지는 경우가 많다. 직접 자기 눈으로 확인하고 본 바에 대해서만 말하고 전해 주라는 뜻을 가진 말이다. 무수한 입을 거치면서 말이 보태지고 왜곡된 나머지 상처를 입고 헛된 루머들이 마음을 괴롭히는 현세대에 많은 것을 생각하도록 만드는 속담이다.

• 남의 말 다 들으면 목에 칼 벗을 날 없다

남의 말을 들을 때 걸러 들을 부분은 걸러 듣고 차단할 부분은 차단해서 들어야 마음이 편하다. 들은 것이 모두 사실인 줄 알고 들었다가는 심적 고통과 위기감이 날로 깊어진다는 뜻이다.

• 남의 말도 석 달

떠도는 소문도 석 달 이상 가는 법이 없다는 뜻으로 근거 없이 떠도는 루머의 허점을 경계해 주는 말이다. 또한 자신이 진실하기만 하다면 아무리 악소문이 나돈다고 해도 석 달만 참으면 해결될 것이라는 희망을 시사해 주는 속담이기도 하다. 진실되지 못한 말은 힘을 갖지 못한다는 말도 된다.

• 좁은 입으로 말해 놓고 넓은 치마로 못 가린다

잘못된 말이 일단 한번 입 밖으로 나가게 되면 수습하기 어렵다는 말이

다. 사람의 입처럼 좁디좁은 통로로 나간 말도 일단 바깥으로 퍼진 후에
는 너무 많은 사람이 알게 됨으로 인해 변명하거나 무마시킬 수 없다는
뜻이다. 그러므로 어떤 말이든 입 밖으로 발설하기 이전에 최대한 신중을
기하면서 말을 아끼고 또 조심해야 할 것을 시사해 준다.

• 살은 쏘고 주어 넣어도 말은 못 줍는다
한번 쏘아버린 화살은 주워 올 길이라도 있지만 말만은 쏟고 난 후 달
리 수습할 길이 없음을 가리킨다. 다시 주워 담지 못할 말에 대해 처음
발설할 때부터 책임감을 갖고 신중을 기하면서 말하라는 뜻이다.

• 음식은 갈수록 줄고 말은 갈수록 는다
음식은 사람 앞을 지나갈 때마다 줄게 되지만 말은 한 사람의 입을 거
칠 때마다 늘게 된다는 뜻으로 여러 사람을 거쳐 돌아 들어온 말의 경우
많이 거르고 신중하게 들어야 함을 가리킨다. 사람의 입을 거칠 때마다
눈덩이처럼 보태지고 왜곡되는 말의 미묘한 생리를 대구적인 비유법을
통해 보여 주고 있다.

• 발 없는 말이 천리 간다
사람의 입을 통해 전해지는 말의 전파력이 막중함을 가리킨다. 사람의
입소문은 생각하지 못한 장소에까지 전해지면서 생각지 못한 사람에게
도 전해진다. 그러므로 한번 발설할 때마다 무수히 생각한 후 꼭 해야
할 말만 하라는 뜻이다. 말이 갖는 위력과 영향력에 대해 깊이 생각해
보도록 하는 말이다.

• 밤 말은 쥐가 듣고 낮 말은 새가 듣는다
듣는 사람이 없다고 방심하지 말라는 뜻으로, 말을 할 때는 언제나 들

고 있는 사람이 있다고 생각하며 신중하게 말할 것을 요구한다.

• 빈 수레가 요란하다

말이 장황하고 어휘가 현란한 사람의 말을 듣고 있으면 무엇인가 그 속에 들어 있을 듯싶지만 실상 그렇지 않다. 대체로 말 많은 사람의 내면에는 값진 것이 들어 있지 않을 경우가 많다. 사람 속에 진중함이 있을 때에 자연스럽게 그의 언어는 절제되며 간결해진다. 그렇기 때문에 우리 조상들은 말 많은 것을 경계했으며 경박하게 여겨 왔던 것이다.

• 말 많은 집은 장맛도 쓰다

위의 속담과 마찬가지로 말 많은 사람의 실속 없음을 비유적으로 표현해 주는 말이다. 말이 많다 보면 살림살이도 허술해지는 법이고 혀를 열심히 놀리느라 정성껏 음식을 만들지 못하기 때문이다. 장 담그는 일처럼 주부의 일년지사 중 중대한 일까지도 정성을 다하지 못한 나머지 장맛을 쓰게 만드는 경우가 생길 수 있다는 것을 의미한다. 말이 많으면 좋던 장맛도 나쁜 쪽으로 변할 수도 있다는 뜻도 된다.

• 말 잘하면 천 냥 빚도 갚는다

말을 설득력 있고 조리 있게 하는 일의 중요성을 말해 준다. 말의 위력과 언어가 갖는 결정적인 역할 및 위력을 흥미롭게 시사해 주는 속담이다.

• 힘센 자식 낳지 말고 말 잘하는 자식 낳으라

역시 말의 위력을 강조하는 속담으로서 부모가 위기에 처했을 때 부모의 입장에서 조리 있고 감동 있는 말로 부모를 변호해 드리고 그로 인해 부모를 위기로부터 구출할 수 있는 자녀를 낳는 것이 힘센 자식을 낳아 덕보는 것보다 훨씬 복되다고 하는 말이다. 언어가 갖는 남다른 힘을 드러내 주는 말로서 대구법을 통해 재미있게 표현하고 있다.

• 길은 갈 탓 말은 할 탓

얼핏 나아갈 길이 없어 보이는 막막한 길도 막상 찾아 나서게 되면 길이 보이기 마련이다. 말 역시 아무리 막막한 상황에 놓이더라도 상황에 어울리는 말을 적극 찾게 되면 나오는 법이다. "경우에 맞는 말은 은쟁반에 아로새긴 금사과와 같다"는 잠언의 말처럼 그 상황에 가장 적절한 말을 찾아내는 일이 중요하다. 어떤 말을 어떤 방식으로 말하느냐에 따라서 전달효과도 달라지게 되고 이로써 안될 것 같고 막막했던 상황까지 열어 젖혀지는 일이 있음을 뜻한다.

☞종합

우리 속담에 나타난 언어관의 경우 우리 조상들이 과묵을 미덕으로 여겼던 이유를 추정해 볼 수 있게 만든다. 그것은 말을 많이 내어놓게 되면 실수가 생겨나기 때문에 아예 말수를 줄이면서 실수의 근원을 단절하는 쪽을 좋게 여겼기 때문이다. 그러나 극단적인 면으로 치닫게 되면서 경우에 합당한 말까지도 절제하게 된 것은 우리 언어관행의 잘못된 부분이다. 어른 앞에서라도 정중하게 예우를 갖추면서 할 말을 할 줄 아는 사회가 되어야 하며 부부나 상하관계에서도 해야 할 말은 지혜롭게 할 줄 아는 언어습관이 키워질 때 우리 삶과 문화는 더욱 진보하게 될 것이다.

그러나 우리 조상들이 언어의 중요성까지 간과하고 있는 것은 아니다. "힘센 자식 낳지 말고 말 잘하는 자식 낳으라"고 한 속담의 경우를 보더라도 말 잘하는 것을 미덕으로 여겼기 때문이다. 돈이나 힘보다 우위에 있는 말의 영향력을 잘 인식하고 있는 모습을 엿볼 수 있다.

(2) 생사관

• 죽은 석숭보다 산 돼지가 낫다

중국 당나라의 부호였지만 고인이 된 석숭보다는 지금 살아 있는 돼지가 훨씬 더 효용가치를 갖는다는 말로서 의미보다 효용, 저승보다 이승에 있는 것을 중시하는 세계관을 드러낸다. 이상보다는 가시적인 현실을 더 중시했던 우리 조상들의 현세지향적 가치관에 토대하는 속담이다.

• 땡감을 따 먹어도 이승이 좋다 / 개똥밭에 굴러도 이승이 좋다

위의 두 속담 역시 비록 이승에서 가난하고 구차하게 살아도 저승에 가는 것보다 낫다는 것을 비유하고 있으며 저승보다 이승, 정신보다 육신적인 것에 더 집착하며 살아온 우리 민족의 현세지향적 인식 및 서정의 단면을 보여 주고 있다.

• 죄악은 전생 것이 더 무섭다

이승에서 지은 죄악은 사람 앞에서 사죄를 하거나 벌금을 냄으로써 갚을 길이 있지만 전생의 죄는 반드시 지었던 것의 몇 배를 이승에서 갚아야 한다고 믿었다. 이 때문에 전생의 죄를 현세의 죄보다 더 무섭게 여긴다는 것이다. 이 속담은 우리 조상의 인과응보적인 윤회관을 반영해 준다.

☞ 종합

이상에서 살펴본 생사와 전생에 관련된 속담에서 추정할 수 있는 것은, 첫째, 이승에서 받는 고통이 전생의 죄악 때문에 생겨나는 것이라고 생각하는 인과론적 윤회관을 드러내고 있다는 점이며, 둘째, 죽어서 땅에 묻히는 것보다 비록 빈곤하고 구차하게 살더라도 이 땅에 머물러 있음을 훨씬 가치 있고 기쁜 것으로 여겼던 우리 조상들의 현세지향적이고 타산적 가치관을 진달할 수 있게 하는 속담이다.

(3) 재물관

• 재수가 옴 붙는다

아주 재수가 없어서 풀리는 일이 없을 때 하는 말로서 인간의 길흉화복이 사람의 의지와 노력에 의해 좌우되기보다 천지신명에 의해서 좌우되는 것으로 생각하는 결정론적 인생관을 드러내는 말이다.

• 재수 없는 포수는 곰을 잡아도 웅담이 없다

이 역시 인간의 길흉화복의 근원이 인간의 의지 밖에 존재함을 현장감 있게 묘사해 주는 말이다. 포수가 곰을 잡기 전에 웅담이 곰의 뱃속에 들어 있는가의 여부를 알 수 없으므로 이 역시 결정론적인 생사화복관을 보여 준다.

• 외상이면 당나귀 소도 잡아먹는다

당장 대가를 치루는 것이 아니라면 우선 즐기고 본다는 뜻으로 물건값을 치르는 시간을 뒤로 미룰 때 느끼는 일시적 즐거움을 먼 미래에 치를 금전적 부담보다 우선하는 모습을 드러낸다. 이 역시 우리 국민이 갖고 있는 쾌락지향, 찰나주의 등 현세지향적 태도와 가치관을 드러내는 속담이다.

• 나중 꿀 한 식기보다 당장의 엿가락이 더 달다

나중에 먹도록 약속받아 놓은 꿀 한 식기보다는 당장 먹을 수 있는 엿가락이 더 달다고 생각하는 자세는 위에서 열거한 속담들 마찬가지로 나중 닥칠 큰 행운보다 당장 보상받을 수 있는 작은 행운을 더 소중히 여기는 태도에서 나온다. 우리 민족의 경우 외환(外患)이 많아서 그런지 불확실한 미래보다 확실한 현실을 더 소중하게 여기는 습관이 있었다. 또한 우리 국민은 불확실성 회피지수가 세계적으로 높은 편이다. 외국인보다 내국인을, 외부인사보다 친인척을 더 선호하는 한국인의 불확실성 회피 경향 역시 이러한 현세지향적 습관과 무관하지 않다.

• 쌈짓돈이 주머닛돈

한 식구나 부부끼리 굳이 네 것 내 것을 나누지 않고 동일한 돈전대에 넣고 살았던 농경시대의 관행을 보여 준다. 또한 개인단위로 살지 않고 가족단위로 살면서 공동경제체제 속에 있었던 근세 이전의 삶을 보여 주는 속담이기도 하다. 그러나 오늘날과 같이 개인주의가 팽배하고 각자 자기 소득원을 별도로 챙기는 시대에 이런 발상을 하는 사람이 있다면 비난을 면치 못할 것이다.

• 목구멍이 포도청

먹고 살기 위해서는 비록 도적질을 해서 포도청에 가게 되어도 변명할 말이 있다는 뜻의 속담으로 먹고 사는 일이 인생의 최우선에 있고 결정적인 일이었음을 보여 주며 그만큼 먹고 사는 일이 보장되어 있지 않았던 척박한 사회상을 반영해 준다.

• 먹은 죄는 없다 / 먹는 놈은 개도 안 때린다 / 뭔 새 뭔 새 해도 먹새 가 최고

먹고 사는 일을 매우 중시했던 우리 조상들의 삶을 단면으로 보여 주는 속담이다. 전쟁도 많고 기아와 가난에 시달리던 암울한 민중의 생활상이 이 속담에 잘 드러나고 있다. "먹은 죄는 없다"와 같은 속담 또한 도덕이나 법보다 인지상정을 따를 수밖에 없었던 척박한 우리네 현실을 잘 조명해 주고 있다.

• 내 배가 부르면 평안감사도 조카 같다

자기 배가 부르게 되면 세상 부러울 것이 없이 된다는 뜻으로서 육체적인 만복감에 따른 즐거움을 삶의 제일 가치로 여기고 있는 모습이 특이하다.

• 돈 많으면 두역(痘疫 : 두억시니) 귀신을 부린다

금전지상주의적인 일면을 보여 준다. 우리 민족이 가장 두려워했던 돌림병 마마까지도 돈으로 부릴 수 있을 정도로 돈의 위력이 대단함을 표현해 주는 말이다. 최근에 와서 유전무죄 무전유죄라는 말이 있을 정도로 근래의 우리 현실 역시 금전지상주의적인 면을 극단적으로 드러낸다.

• 돈 주고 못 사는 것은 지개(志槪 : 의지와 기개)

돈이면 무엇이든 가능하다는 식의 금전지상주의와 황금만능주의적 현실을 풍자하는 속담으로서 의지가 곧은 사람이 갖는 절개와 기개만은 금전으로도 꺾을 수 없다는 뜻이다. 황금의 능력에도 한계가 있음을 일깨워 주는 속담으로서 선비정신의 기개를 높이 사는 속담이다.

• 개같이 벌어 정승같이 산다

돈을 버는 방법이야 어찌 되었든 간에 돈을 쓰는 단계에서 고상하고 의젓하기만 하면 된다는 생각을 보여 주는 말로서 목적이 선하면 방법과 과정은 악하더라도 용납이 될 수 있다는 잘못된 금전관을 드러낸다. 본질보다는 외형, 원인보다는 결과를 중시하는 소극적인 정신의 산물이 아닐 수 없다.

• 돈 없으면 적막강산 돈 있으면 금수강산

돈이 있으면 그 사람 주변에 사람들이 많이 모이게 되고 볼 것과 먹을 것도 풍부해지지만 돈이 없어지면 사람과의 만남도 뜸해지고 볼 것과 먹을 것까지 부족해지는 각박한 현실을 우회적으로 보여 주는 말이다. 이 역시 황금만능주의를 지향하고 있는 우리 삶의 단면을 시적으로 표현하고 있다.

• 굳은 땅에 물 고인다

밑바탕이 단단해야만 물이 고이듯이 사람의 씀씀이가 헤프거나 무디게 되면 모이는 재산이 없다는 뜻으로 절약과 저축을 통해 야무진 재테크를 해야만 재산을 모을 수 있다는 뜻이다. 조상들의 검약정신과 저축을 강조하는 경제관을 엿볼 수 있게 한다.

• 첫 술에 배부르랴 / 티끌 모아 태산

재물을 모으려면 오랜 시간이 걸려야 하며 어떤 일을 할 때에도 오랜 시간과 공력이 들어가야 함을 가리킨다. 또한 시작이 미약해 보이는 일이라 하더라도 한 길에만 매달리고 꾸준히 노력할 때 성공할 수 있다는 말도 되며 끈기와 인내를 강조하는 말이다. '티끌 모아 태산'의 속담은 아무리 작은 것도 아껴 써야 하는 자세를 강조하는 말로써 우리 조상의 절약정신을 보여 주는 대표적인 속담이다.

☞ 종합

재물관과 관련된 위의 속담들로부터 추정할 수 있듯이 우리 조상은 재물의 원천이 그 사람의 재수와 운수에 달려 있는 것으로 인식하고 있다. 한편 조상들의 재물관 속에는 "굳은 땅에 물 고인다"라는 속담처럼 인간적 의지로 할 수 있는 최선과 재테크의 중요성이 강조되고 있음을 알 수 있다. 재물관에 나타난 이러한 이원적 요소는 별도로 연구해 볼 가치가 있다고 생각한다.

한편 먹고 사는 일을 인간지사의 으뜸으로 여겼던 생활관에서 알 수 있는 것은 우리 민족에게 먹고 사는 문제가 난제로 작용했다는 사실이다. 속담이 서민들의 일상 속에서 발생된 담론임을 미루어 볼 때 서민의 살림살이가 봉건제도 속에서 매우 열악했음을 알 수 있다. 마음껏 먹어 보는 것이 평생 소원이 될 수밖에 없었던 서민들의 궁핍한 생활수준이 짐작되기 때문이다.

또한 "개같이 벌어 정승같이 산다"는 속담은 요즘 우리 주변에서 흔히 볼 수 있는 가진 자의 치부를 드러내 주고 이를 또한 경계해 주는 말이다. 돈을 버는 방법이 비록 구차스럽다 해도 그렇게 벌어들인 돈으로 정승같이 호의호식하면서 사는 모습을 선망하는 데에서 비롯된 이 속담은 졸부의 현실을 풍자하는 속담이긴 하나 경계하지 않을 수 없는 면을 갖는다.

그러나 다른 관점에서 이 속담을 해석할 필요도 있다. 비록 구차한 방법으로 돈을 모았다고 할지라도 구제사업 같은 고상한 일에 돈을 쓰면 개같이 돈 벌었던 모습 때문에 야기된 과거의 천박함을 보상받을 것이라는 말로도 해석되기 때문이다.

(4) 체면관

• 입은 거지는 얻어먹어도 벗은 거지는 못 얻어먹는다

내면과 중심보다 외모를 중시하고 살아온 우리 사회의 체면문화를 표현해 주는 말이다. '옷이 날개'라는 말과도 상통하는 말로서 체통과 외모를 소중히 여겨온 우리의 체면문화를 대표하는 속담이다.

• 양반은 물에 빠져도 개헤엄은 안 친다 / 양반은 얼어 죽어도 겻불은 안 쪼인다

과거 유교문화권의 양반들은 체통을 지키는 일을 목숨처럼 생각했다. 당장 물에 빠져 죽게 된다고 해도 개헤엄만은 치지 않았다거나 추워서 얼어 죽게 된다고 해도 곁불만은 쬐려 하지 않았던 모습에서 체면과 체통을 생명보다 중시했던 양반들의 곧은 절개가 드러날 뿐 아니라 허와 실을 구분하지 못했던 양반들의 무모한 모습이 드러난다.

● 아무리 쫓기어도 신발 벗고야 갈 수 있나

위의 속담들과 마찬가지로 아무리 다급한 일이 있다 하더라도 맨발로는 달려갈 수 없다는 것 또한 체통과 체면을 생명보다 소중히 여겼던 양반사회의 관행을 드러내 보여 준다.

● 대문이 가문 / 가난할수록 기와집 짓는다

재산이 없는 집인데도 대문만은 크게 만들어서 자신의 재산 없음을 감추려 들 뿐 아니라 허세를 부려 부자행세를 하려고 했던 가식적인 모습을 드러내 주는 말이다. 이러한 양상은 지난 관행에 그치지 않는다. 오늘날 우리 삶의 곳곳에 자리하고 있기 때문이다. 자신이 가진 능력과 재산에 비해 지나치게 외모를 꾸미거나 집장식에 돈을 낭비하는 풍토가 아직 남아 있는 우리로서 이 속담을 통해 우리 자신을 성찰해야 할 것이다. 화장품 판매량 및 성형수술 선호도가 세계에서 가장 높은 우리들이기 때문이다.

● 냉수 먹고 이빨 쑤신다

먹은 것이 없어도 많이 먹은 것처럼 허세를 부리는 태도를 익살스럽게 표현한 말이다.

☞ 종합

이상에서 본 바와 같이 외적으로 드러난 삶과 실제적인 삶이 달랐던 조선조 양반들의 이중적인 삶과 실속보다 명분을 소중히 여겼던 삶의 편린을 속담을 통해 엿볼 수 있다. 사실 이는 실리를 중시하는 양명학 쪽보다 주자학을 선택했던 우리 조상들의 가치관 때문에 생겨난 것이기도 하다. 그러나 요즈음은 실용성을 중시하기 때문에 지체 높은 사람이라고 해도 위기에 직면하면 '개헤엄'과 '곁불' 쯤 쉽게 취할 것이다. 안과 밖이 지나칠 정도로 괴리를 보였던 과거의 사고방식에서 벗어나 이제는 지나칠 정도로 체면을 간과하고 실리와 실용만을 우선시 하는 문제를 낳는다. 내용과 형식, 실리와 명분의 양면이 균형을 이루는 접합점을 찾는 일이 필요하다고 본다.

(5) 인간관

• 산 속 열 놈 도둑은 잡아도 제 마음 속 한 놈 도둑은 못 잡는다

인간의 마음속이 어떠해야 함을 단적으로 보여 주는 말이다. 사실 사람처럼 마음으로 죄를 많이 짓고 사는 존재도 없을 것이다. 그럼에도 불구하고 자신의 마음속에 있는 죄악이나 나쁜 점은 쉽게 발견되지 않는 법이다. 바깥에 있는 원인들을 분석하고 비판하는 일에 있어서는 명민하고 논리적이지만 자신의 마음속에 도사리고 있는 이기심과 탐심 같은 숨은 도둑들은 잘 발견되지 않기 때문에 이를 경계하고 자성해야 할 것을 일깨우는 걸출한 비유가 아닐 수 없다.

• 머리 검은 짐승은 구제하지 말라

사람은 지상의 동물 중에서 가장 배은망덕한 존재라고 한다. 일단 은혜를 입고난 후에는 그 은혜를 잘 잊어버리는 존재이기 때문이다. 유독 만물의 영장인 사람만이 은혜를 저버리곤 하는 이유가 무엇일까? 그것은

사람이 그 어떠한 존재보다 부패한 마음을 갖고 있기 때문이다. 자신이 입은 은혜에 대해서 보은하기보다 배신하거나 양은(殃恩)하는 경우가 많음을 이 속담을 통해 알 수 있다.

• 사람을 구하면 앙은(殃恩)하고 짐승을 구하면 은혜(恩惠)를 한다

위에서 열거한 속담과 동일한 내용을 보여 주는 속담으로서 동물이 사람보다 훨씬 은혜를 잘 기억하고 있는 존재임을 시사해 준다. 이는 얼핏 사람에 대한 폄하를 드러내는 것처럼 보이는 면이 있으나 그만큼 우리들 자신을 경계하면서 살아야 할 필요를 깨닫게 하고 인간 내면의 악을 진단해 준다는 점에서 의미를 갖는다.

• 깊고 얕은 것은 건너보아야 한다

사람의 마음속은 마치 깊은 물과도 같아서 함께 지내면서 온갖 것을 겪어 보아야만 그 깊이의 어떠함을 알 수 있다는 뜻의 말이다. 열 길 물속 깊이는 헤아릴 수 있지만 한 길 사람 마음은 헤아릴 수 없다는 뜻이다.

• 참을 인자 셋이면 살인도 면한다

우리 조상들은 인간이 갖춰야 할 최상의 미덕으로 인내를 꼽고 있다. 사람이건 상황이건 이에 비판적이고 진취적으로 응하기보다 말 없이 인내하고 견디는 것을 더 덕스러운 모습으로 여겨 온 우리 조상들의 삶을 연상해 보는 한편 소극적인 가치관이 아니었나 하는 생각도 하게 만든다.

☞ 종합

이상에서 볼 때 단적으로 파악할 수 없는 인간 마음의 깊고 오묘한 섭리를 짚어 주는 속담이 있는가 하면 인간의 본질을 날카롭고 명민하게 진단해 주는 속담도 있다. 때로 짐승보다 훨씬 은혜를 모르는 사특한 일

면을 갖고 있는 인간 내면의 부정적인 속성을 예리하게 진단함으로써 우리 스스로를 면밀히 돌아보도록 만든다.

"산 속 열 놈 도둑은 잡아도 제 마음 속 한 놈 도둑은 못 잡는다"의 구절에서 알 수 있듯이 우리 조상들의 궁구심(窮寇心)이 외적으로 드러난 사물과 형상적인 것에 국한되었던 면이 많았던 것에 비해 이 속담은 마음 성찰에 관한 심도 있고 면밀한 인식도 우리 조상들이 갖고 있었음을 알게 한다.

(6) 출세관

• 대감 말 죽은 데는 가고 대감 죽은 데는 안 간다

대감의 소유물인 말이 죽은 자리에 문상가는 일은 있어도 대감 자신이 죽은 자리에는 문상가지 않는다는 뜻으로 의리와 도리를 따라 살기보다 이익과 효용가치를 따르며 살아가는 세태를 풍자하는 속담이다. 출세지향적이고 성공 위주의 가치관이 난립하던 조선조와 근현대에 이르는 우리 민족의 이권우선적 삶의 단면을 비춰 주고 있다.

• 수양산 그늘이 강동 팔십리 간다

한 집안에 세도가가 생기게 되면 그의 영향력이 멀리까지 미칠 수 있다는 말로서 옛적이나 오늘에나 한 사람의 세도가를 둘러싸고 주변인물이 덕을 입는 사례를 말한다. 특별히 우리 사회의 경우, 혈연과 지연 및 학연 등 정실에 얽혀 인물을 추대하는 사회다 보니 이러한 비유가 나왔을 것이다. 때로 이 속담은 남편의 영향력에 비유되기도 한다. 봉건사회에서 남편은 아내에게 절대적인 존재가 되었다. 남편이 세도가였을 경우에 살아 있을 때는 물론이고 남편이 고인이 되었을 망정 그 그늘의 영향력이 대단했음을 시사해 주는 속담이다.

• 가문 덕에 대접받는다

"수양산 그늘이 강동 팔십리 간다"와 동일한 의미를 갖는 속담이다. 비록 자질이 모자라는 일이 있다고 하더라도 동일한 가문에 있다는 이유 하나만으로 출세할 수 있었던 과거 우리 사회의 관행을 잘 드러내 준다. 사실상 오늘날에도 자격 없는 사람이 부귀공명을 누리며 사는 사례가 드물지 않음을 볼 때 아직도 비민주적인 관행이 근절되지 않고 있음을 알 수 있다.

• 기러기도 항렬이 있다

날짐승인 기러기에도 질서와 혈통이 있다는 말로서 하물며 인간이 되어 가문과 항렬을 따지지 않을 수 없다는 뜻의 말이다. 가문과 혈연을 매우 중시해 온 혈연사회로서의 우리 사회의 봉건적 의식과 사회구조를 드러내 주는 말이다.

☞ 종합

이상에서 고찰한 바와 같이 우리 조상들의 출세지향적이고 혈연중심적 의식이 우리의 속담에 잘 묻어나고 있다. 이러한 현상이 보편화된 나머지 자신의 실력을 키우려고 힘쓰기보다 가문과 정실 덕분에 성공하려는 기회주의가 성행되어 왔다. 집안에 유명인사가 한 사람 등장하게 되면 그를 둘러싸고 친지들이 혜택을 입곤 하는 관행이 오늘에 와서도 쉽사리 뿌리뽑히지 않는 것도 우리 국민의식 속에 아로새겨 있는 위와 같은 사고방식 때문이라고 본다.

(7) 가족관

① 남아선호

• 아들은 내 조상 묘를 돌보지만 딸은 남의 조상 묘를 돌본다 / 아들은

장가가면 반 남이 되고 딸은 시집가면 온 남이 된다

아들은 말 그대로 조상의 묘를 돌보지만 딸은 남의 집에 출가해서 남의 조상 묘를 돌보는 만큼 남이 되고 만다는 뜻이다. 시집감으로써 완전히 남의 사람이 되는 딸을 출가외인이라고 부른 근본적인 이유가 이에서 연유한다.

• 아들이 있어야 남들이 넘보지 않는다

아들은 마치 울타리와 같다고 생각한 나머지 부모를 보호하고 주변을 돌봐 주는 든든한 존재로 여겨 왔음이 이 속담에서 면밀히 드러난다. 이러한 점에서도 딸과 아들을 다르게 대접할 수밖에 없었을 것이며 남아선호사상을 부추기는 말이 되어 왔다.

• 영감밥은 누워 먹고 아들밥은 앉아 먹고 딸밥은 서서 먹는다 / 아들 집에서는 밥 먹고 딸집에서는 물 마신다

남의 사람이 되어 버리고만 딸네 집에 가서 밥 얻어먹는 일은 결코 마음이 편하지 않다는 뜻이다. 남아를 선호하는 조상들의 정서를 단적으로 드러내 주는 속담이다. 그러나 오늘날에 와서는 이러한 속담이 진부한 것이 되고 말았다. 아들 집에 간 시어머니의 경우보다 딸 집에 간 친정어머니가 훨씬 마음 편하게 행동하는 것 때문이다. 시대상황 및 경제구조의 변화가 이와 같은 변화를 가져오게 된 것이다.

② 딸

• 딸집에서 가져온 고추장

딸은 법적으로는 남이지만 며느리보다 정서적으로 훨씬 친근하고 소중한 나머지 딸네 집에서 가져온 음식만은 유달리 아끼면서 먹었다는 것이다. 그러면서도 법적으로는 남으로 대할 수밖에 없었던 당시 어머니의 이중적인 고민을 읽을 수 있다. 핏줄을 중시하는 우리 사회였던만큼 자

신의 소생인 딸만은 며느리에 비해 월등히 소중한 존재로 대했던 조상들의 편견과 갈등을 엿볼 수 있다.

• 막내 딸 시집보내려면 내가 가지

딸 중에서도 가장 애정을 많이 주고 기른 막내딸을 시집보내기 안타까워하는 부모의 심정이 드러난다. 출가하게 되면 남의 집 식구가 될 뿐 아니라 그렇게 되면 자주 만날 수 없을 뿐 아니라 남의 집 일꾼으로 전락해서 살아야 하는 당대 며느리들의 고통과 애환을 우호적으로 짐작케 하는 속담이 아닐 수 없다.

• 딸 셋 치우면 기둥뿌리 남는 것이 없다

딸을 시집보낼 때마다 혼수를 많이 해줬음을 짐작케 한다. 아들은 자기 집으로 사람을 들여 놓기 때문에 혼례비용이 많이 들지 않지만 딸의 경우는 장만해 줘야 할 세간과 예단 등으로 인해 부모 쪽의 부담이 막중했기 때문이다. 그러나 오늘에 와서는 이러한 모습이 많이 변하고 있다. 결혼 당사자들이 모든 것을 주도적으로 해결하는 경우도 많아지고 있으며 실용적인 사고와 혼례간소화 캠페인 같은 것의 영향을 받았기 때문이다.

③ 여성 및 아내

• 집과 계집은 가꾸기에 달렸다 / 아내는 남의 집 아내가 예뻐 보이고 자식은 내 자식이 커 보인다 / 남편은 두레박 아내는 항아리 / 여자 팔자 뒤웅박 팔자

아내를 단지 소유물로만 여겨 온 우리 조상들의 가족관이 잘 드러나는 말이다. 집도 밭도 가꾸기에 따라서 달라지듯이 아내 역시 예쁜 옷을 입혀 놓거나 장신구로 장식하게 되면 그 값이 달라지게 되는 소유물로 생각했던 것이다. 자식은 자기 분신이라고 생각하기 때문에 남의 자식이 월

등해도 자신의 자식이 더 예쁜 것으로 여기지만 아내만은 소유물에 불과하다고 생각했기 때문에 남의 것이 더 좋고 월등해 보이는 미묘한 인간심리를 드러내는 속담이다.

또한 부모는 바꿀 수 없어도 아내만은 옷바꿔 입듯이 바꿀 수 있다고 생각해 온 우리 조상들의 가족관 때문에 아내는 자녀를 낳아 주고 길러 주는 기계처럼 생각했을 것이다.

• 여자 소리 울 넘어가면 집안 망한다 / 암탉이 울면 집안이 망한다 / 여자는 제 고을 장날 몰라야 팔자가 좋다 / 계집의 노여움 오뉴월에 서릿발 친다 / 계집이 늙으면 여우가 된다 / 아내 나쁜 것은 백년원수 된장 신 것은 1년 원수 / 여자와 개는 사흘만에 한번씩 때려줘야 한다 / 여자는 밥상 들고 문지방을 넘으며 열 가지 생각을 한다

위의 속담들은 한결같이 아내(여성)에 대한 부정적이고 사특한 면을 드러내고 있다. 여성들은 가부장적 사회에서 하나의 인격체로 대접받지 못한 채 일이나 하고 아이나 낳아 주는 도구로 여겨 왔기 때문이다.

여성의 생각과 감정은 매우 원초적이고 다원적이기 때문에 남성보다 훨씬 미묘하고 섬세한 점을 갖는다는 것이 오히려 긍정적 평가를 받기보다 사특한 대상으로 여겨진 것이 사실이다. "여자와 개는 사흘만에 한번씩 때려 줘야 한다"는 속담도 그렇고 "여자는 밥상 들고 문지방을 넘으며 열 가지 생각을 한다"와 같은 속담들이 그러한 의식의 일면을 엿보게 한다.

④ 며느리와 시어머니
• 고양이 덕은 알고 며느리 덕은 모른다
고양이가 쥐를 잡아 주는 이로움에 대해서는 인정해 주는 시어머니가 조용히 자기를 희생하며 봉사하는 며느리에 대해서는 칭찬하거나 그 값

을 인정하지 않는다는 것이다. 남편에게 마음 시원한 사랑을 받지 못했던 이 땅의 시어머니들은 한결같이 아들사랑으로 대리만족을 느끼다가 며느리를 얻게 되면 적대감을 갖게 된다. 그러므로 이 땅의 며느리들은 그러한 병적 적대감으로 인해 피해를 보게 되었고 일을 아무리 열심히 한다고 해도 그 존재값을 인정을 받지 못했던 것이다.

• 염병은 며느리 주지 않는다

시어머니가 며느리를 향해 갖게 되는 적대감의 골이 너무 깊은 나머지 염병조차도 며느리에게 물려주는 것을 꺼렸다는 병적 심리가 엿보인다. 염병을 앓고 난 후에는 다른 질병들이 물러간다고 믿었기 때문에 귀한 역할을 하는 염병이니만큼 미운 며느리에게 물려주고 싶지 않다는 건강하지 못한 가족관이 스며 있는 속담이기도 하다.

• 배 썩은 것은 딸 주고 밥 썩은 것은 며느리 준다 / 봄볕에는 며느리 내보내고 가을 볕엔 딸 내보낸다 / 죽먹은 설거지 딸 시키고 비빔밥 먹은 설거지 며느리 시킨다

발라먹을 부분이 남아 있는 썩은 배는 딸에게 주고 아주 먹을 수없이 된 썩은 밥을 며느리 준다는 뜻으로 며느리를 향한 당대 시어머니들의 병적인 적대감과 원한을 드러내 주는 말이다. 자기가 낳은 딸은 절대적으로 아끼면서 남의 딸인 며느리만은 아낄 줄 모르는 시어머니의 심술궂고 이기적인 모습을 잘 보여 주는 속담들이다.

• 딸 시앗은 바늘방석에 앉히고 며느리 시앗은 꽃방석에 앉힌다

며느리는 자신이 애지중지해 온 아들의 사랑을 독차지한다고 해서 시어머니로부터 적대와 질시의 대상이 되어 왔다. 아들과 며느리의 결혼으로 인해 피해망상을 갖게 된 시어머니에게 아들이 맞은 시앗은 반가운 존재가

아닐 수 없다. 시앗과 자신은 동병상련의 존재가 되기 때문이며 며느리에게 상처를 줄 수 있는 동지가 될 수 있기 때문이다. 남편의 사랑을 충분히 받지 못하고 살았던 봉건사회여성의 병적 심리를 잘 드러내 준다.

• 귀머거리 3년에 벙어리 3년

처음 시집간 며느리는 시집에서 종보다 더 낮은 자리에 놓이게 마련이다. 그러므로 첫 3년간은 들은 것도 못 들은 척하고 말할 것도 말하지 못한 채 조용히 지내야만 한다는 것이다.

• 며느리가 미우면 발뒤꿈치가 달걀 같다고 나무란다

시어머니에게 며느리는 어떻게 해서든 트집 잡고 미움을 퍼붓고 싶은 대상이 되어 있기 때문에 트집 잡을 것이 없는 완벽한 며느리를 두고 발뒤꿈치가 달걀같이 생겼다고 나무란다는 것이다. 구조적으로 미움 받을 자리에 앉아 있는 며느리들의 애환과 시어머니의 병적 심리를 엿보게 한다.

• 시어미 죽고 처음이다

시어머니의 시집살이가 너무 견디기 힘들었기 때문에 시어머니가 돌아가시고 나면 모든 세상이 새로워지고 개인적인 역사가 새로워지기 때문에 이런 말이 나오게 되었다.

• 시어미 역정에 개밥 구유 찬다

집안에 있는 누구에게도 하소연할 데가 없는 외로운 입장에 놓여 있던 며느리들은 시어머니로부터 역정을 듣고 난 후 만만한 대상이 개밥통뿐이었다. 따라서 이것을 발로 걷어찼다는 것이다. 자신과 대화하거나 공감해 줄 대상이 없는 며느리들의 외롭고 고달픈 처지를 짐작케 해준다.

• 골무는 시어미 죽은 넋

바느질 하다가 골무가 필요한 경우 이것을 찾는 일이 만만치 않다. 몇 번씩 일어섰다 앉았다 하면서 간신히 찾아내는 골무찾기의 까다로운 상황에다 비유적으로 표현하고 있다.

• 죽은 시어미 방아 찧을 때 생각난다

아무리 괴롭게 하고 자신을 힘들게 만들었던 시어머니이지만 미운정이 들어서 그런지 방아 찧을 시간같이 힘들 때면 생각난다는 뜻이다. 이와 다른 해석으로는 방아 찧을 때마다 돌아가신 시어머니를 향해 갖고 있던 원망감을 방아에다 함께 넣어 찧는다는 설도 있다.

• 저녁 굶은 시어미 상

어쩌다 일이 있어서 시어머니의 저녁상을 차려 드리지 못해 시어머니가 굶게 된 날, 암상을 찌푸리고 앉아 있을 시어머니의 모습은 흉한 모습 중 하나일 것이다. 어른들의 진지상을 끼니 때마다 꼬박꼬박 차려서 올려야 했던 봉건사회 며느리들의 어려움을 절감할 수 있게 만든다.

⑤ 부모와 자식

• 부모 속엔 부처가 들어 있고 자식 속엔 앙칼이 들어 있다

자식을 향하는 부모의 마음은 절대적인 사랑 그것이다. 밉든 곱든 자식이 잘 되기만을 바라는 것이 부모 마음이기 때문이다. 이에 반해 자식의 마음은 언제라도 부모를 배반할 만큼 앙칼진 구석이 있다. 자식은 끝까지 자기에게 유익한 쪽으로 상황을 끌어가는 면이 있으나 부모는 헌신과 사랑을 그치지 않는 절대자와도 같다는 뜻이다.

• 자식 겉 낳지 속은 못 낳는다

부모는 자식을 분신이라고 생각하기 때문에 자기 마음대로 낳을 수 있고 키울 수 있다고 생각하기 쉽다. 그러나 자식을 낳고 키우다가 보면 마음대로 되지 않을 때가 더 많다는 것이다. 자식 낳는 것과 기르고 가르치는 것만은 마음대로 되지 않음을 경험 속에서 가르쳐 주는 말이다.

• 무자식이 상팔자

자식을 낳고 키우기가 얼마나 어려운 일에 해당하는지 알고 있는 사람만이 쓸 수 있는 말이다. 자식 없는 사람을 위로하기 위해 쓰는 말이거나 그들의 여유로움과 자유로움을 부러워하면서 이르는 말이다.

• 가지 많은 나무에 바람 잘 날 없다

한 자식만 키운다고 해도 돌봐 줘야 할 일이 많아 번거롭기 짝이 없는데 자식의 숫자가 많아지면 부모 마음은 가지 많은 나무가 바람을 피할 날 없듯이 조용하거나 편할 날이 없게 된다는 뜻이다. 사람을 낳고 키우는 일의 괴로움과 번거로움을 비유적으로 잘 표현한 속담이다.

• 부모는 문서 없는 종이다

자식이 해 달라는 대로 부모는 다 해주고 살기 마련이다. 평생 자식의 요구를 들어주면서 마치 종살이하는 것처럼 살고 있는 부모들도 있기 때문이다. 집안의 종은 때로 불평이라도 하지만 부모는 불평 한마디 없이 오히려 당연한 일인양 자식을 섬기고 사는 독특한 종이다. 자식 앞에서 부모가 겪어야 하는 애환과 고통을 비유적으로 잘 표현해 주는 속담이다.

☞ 종합

우리 속담에는 가족 내 인간관계에 관한 것이 유난히 많은 편이다. 가족관에 관련된 속담들이 많은 것은 우리들이 혈연을 중심으로 하는 가부장적 사회의 닫힌 구조 속에 살았기 때문으로 본다. 특히 여성과 며느리, 아내들이 겪었을 애환을 표출해 주는 것들이 많다. 남성이 여성을, 시어머니가 며느리를 종속물로 보거나 부정적이고 무력한 존재로 여겨 왔던 우리 인식의 틀이 녹아 있는 여러 속담들을 보면서 희로애락의 감정을 지녔던 인간으로서 봉건시대 여성들이 어떻게 그 무지와 의식의 폐쇄에서 오는 몽매함을 견뎌냈을까? 하는 의문이 솟는다.

여성이 도맡아 온 출산, 가사, 농사일 등은 전문성을 요구하는 것이 아니었으므로 여성에 대한 교육은 등한시될 수밖에 없었으며 여성은 한 가문의 번성과 명예를 위해 마땅히 자신을 억제하고 희생해야 하는 존재로만 여겼다. 무녀나 의녀, 기녀 외에는 자기성취를 할 수 없도록 닫혀 있던 봉건구조 속에서 살아온 전통사회 여성들은 이런 문제 때문에 가슴에 깊은 한을 품고 살 수밖에 없었을 것이다.

이에서 모순되는 점이 한 가지 드러난다. 남존여비사상 속에서 여권을 유린당하며 살아온 시어머니가 정작 노년에 이르러 권력을 행사하게 되면 며느리의 여권을 앞장서서 유린하는 존재가 된다는 것이다. 시어머니가 보여 주는 이런 변태적인 심리구조는 한(恨)의 정서로 풀이해야 선명하게 이해된다.

한은 화해되지 못한 인간의 정서이다. 이것은 사람의 마음 뿌리에 새겨지는 일종의 병리증세이다. 자신이 시집와서 겪었던 고난과 원통함으로 인해 받은 상처를 승화시킨 시어머니의 경우엔 한 같은 것이 쌓이지 않게 된다. 그러나 시집살이로 인해 받은 상처나 억압심리를 치유하고 풀지 못한 채 마음 깊이 쌓아온 시어머니들이 많았다. 그러한 시어머니들의 마음 뿌리에는 상처의 독이 흘러들어가면서 이상에서 고찰할 것과 같은 변태적 태도를 유발시킨 것이다.

한편 전통사회에서는 부모가 자식을 위하는 마음이 매우 헌신적이었음을 알 수 있다. 자신은 굶어죽더라도 자식만은 걷어 먹이고 자신을 희생하는 부모가 많았던 시절에는 자연히 효자도 많이 나올 수밖에 없었을 것이다. 이 부분에서 알 수 있는 것은 현대와 큰 차이를 보인다는 점이다. 근래에 이르러 부모들의 의식이 서구화되면서 자식을 일찌감치 독립시키는 부모들이 늘고 있으며 노후설계를 할 때에도 자식에게 의지하지 않고 독립적으로 하는 부모가 늘어나는 추세이기 때문이다.

3. 속담에 나타난 한국인의 말 문화

본 장에서 고찰했던 대표적 속담을 통해서 한국인이 영위하고 축적시켜 온 말문화의 진수를 맛볼 수 있었다. 속담에 나타난 한국인의 서정과 인식을 분석 검토하는 과정에서 필진은 우리 속담의 가치를 더욱 절감하게 되었고 이를 통해서 우리 삶의 현실과 미래를 향한 몇 가지 방향을 진단하게 되었다.

우리 민족은 사물과 인간에 대해 비교적 치열하며 풍자적으로 인식해 온 사람들이다. 그런데 우리의 속담을 고찰하는 동안에 한국인 스스로 정형화시켜 온 몇 가지 고정관념과 문화적 특성을 발견할 수 있었다.

첫째, 남존여비 및 가부장적 봉건의식을 유지·발전시킨 것이 비단 남성들만의 몫은 아니었다는 점이다. 여성이기에 감수해야 했던 차별대우를 다음 세대 여성들이 겪지 않도록 배려해 주는 시어머니와 어머니들이 부재했던 점을 발견했다. 그러한 이유로 해서 이 땅에는 여성불평등의 문제가 지속적인 난제가 되었다. 게다가 남성이나 여성 스스로 여성에 대해서 지나친 편견을 갖거나 여성에 대한 부정적 이미지를 스스로 심화시켜 온 것이다.

둘째, 가진 자와 못 가진 자 사이의 간극이 너무 심하다는 사실이다. 속담 고찰에 나타나듯이 한국 땅에 사는 서민들의 지속적인 관심과 욕구는 '먹을 것' 같은 1차적인 층위에 머물고 있다. 그런데 생활수준에 있어 월등히 나아진 지금도 그러한 양상은 크게 달라지고 있지 않다는 것이다. 불행히도 우리 정치지도자 및 입안자들은 서민의 기본욕구 충족을 위한 행정에 힘쓰기보다 이권과 명분싸움에 휘말리는 일로 언쟁해왔기 때문이다.

마지막으로, 우리 민족이 과묵을 미덕으로 삼게 된 원인 중 한 가지를 발견하게 되었다. 말 많음의 폐단을 익히 알고 있던 우리 조상들은 공연히 입술을 열었다가 낭패를 당하거나 수습할 말을 찾지 못해 봉변을 당하느니 아예 말수를 줄여 살자는 소극적인 자세를 택했기 때문이며 이로 인해 소극적인 언어문화가 남겨지는 결과가 생겨났다고 본다.

4. 성경에 나타난 말하기

성경에는 말에 대한 다양한 경구들이 소개되고 있다. 특히 입과 혀에 대한 독특한 비유와 언어기능의 양면성을 설명해주는 내용들이 많으며, 한 사람의 가치관과 인격을 담고 있는 말의 중차대한 기능과 그에 따른 결과물을 다량 소개하고 있다.

• 거만한 자를 책망하지 말라 그가 너를 미워할까 두려우니라 지혜 있는 자를 책망하라 그가 너를 사랑하리라　　　　　　　　　잠언 9:8

• 의인의 입은 생명 샘이라도 악인의 입은 독을 머금었느니라 잠언 10:11

• 말이 많으면 허물을 면키 어려우나 그 입술을 제어하는 자는 지혜가 있

느니라 잠언 10:19

- 악인은 입술의 허물로 말미암아 그물에 걸려도 의인은 환난에서 벗어나
느니라 잠언 12:13

- 미련한 자는 당장 분노를 나타내거니와 슬기로운 자는 수욕을 참느니라
잠언 12:16

- 칼로 찌름 같이 함부로 말하는 자가 있거니와 지혜로운 자의 혀는 양약
과 같으니라 잠언 12:18

- 유순한 대답은 분노를 쉬게 하여도 과격한 말은 노를 격동하느니라
잠언 15:1

- 분을 쉽게 내는 자는 다툼을 일으켜도 노하기를 더디 하는 자는 시비를
그치게 하느니라 잠언 15:18

- 사람은 그 입의 대답으로 말미암아 기쁨을 얻나니 때에 맞는 말이 얼마
나 아름다운고 잠언 15:23

- 적당한 말로 대답함은 입맞춤과 같으니라 잠언 24:26

- 경우에 합당한 말은 아로새긴 은 쟁반에 금 사과니라 잠언 25:11

- 사연을 듣기 전에 대답하는 자는 미련하여 욕을 당하느니라 잠언 18:13

- 죽고 사는 것이 혀의 힘에 달렸나니 혀를 쓰기 좋아하는 자는 혀의 열매
를 먹으리라 잠언 18:21

- 오래 참으면 관원도 설득할 수 있나니 부드러운 혀는 **뼈**를 꺾느니라

  잠언 25:15

- 환난 날에 진실하지 못한 자를 의뢰하는 것은 부러진 이와 위골된 발 같으니라

  잠언 25:19

- 미련한 자 편에 기별하는 것은 자기의 발을 베어 버림과 해를 받음과 같으니라

  잠언 26:6

- 마음이 상한 자에게 노래하는 것은 추운 날에 옷을 벗음 같고 소다 위에 식초를 부음 같으니라

  잠언 25:20

- 까닭 없는 저주는 참새가 떠도는 것과 제비가 날아가는 것 같이 이루어 지지 아니하느니라

  잠언 26:2

- 미련한 자의 어리석은 것을 따라 대답하지 말라 두렵건대 너도 그와 같 을까 하노라

  잠언 26:4

- 타인이 너를 칭찬하게 하고 네 입으로는 하지 말며 외인이 너를 칭찬하 게 하고 네 입술로는 하지 말지니라

  잠언 27:2

- 면책은 숨은 사랑보다 나으니라

  잠언 27:5

- 사람을 경책하는 자는 혀로 아첨하는 자보다 나중에 더욱 사랑을 받느 니라

  잠언 28:23

- 이른 아침에 큰 소리로 자기 이웃을 축복하면 도리어 저주 같이 여기게 되리라

  잠언 27:14

• 또 배를 보라 그렇게 크고 광풍에 밀려가는 것들을 지극히 작은 키로써 사공의 뜻대로 운행하나니 이와 같이 혀도 작은 지체로되 큰 것을 자랑하도다 보라 얼마나 작은 불이 얼마나 많은 나무를 태우는가 혀는 곧 불이요 불의의 세계라 혀는 우리 지체 중에서 온 몸을 더럽히고 삶의 수레바퀴를 불사르나니 그 사르는 것이 지옥 불에서 나느니라

야고보 3:4~6

• 혀는 능히 길들일 사람이 없나니 쉬지 아니하는 악이요 죽이는 독이 가득한 것이라

야고보 3:8

• 한 입에서 찬송과 저주가 나오는도다 내 형제들아 이것이 마땅하지 아니하니라

야고보 3:10

5. 말과 관련된 동서양의 격언

• 경쟁심이나 허영심이 없이 다만 고요하고 조용한 감정의 교류만이 있는 대화는 가장 행복한 대화이다.

라이너 마리아 릴케

• 만일 말마다 귀를 기쁘게 해주고 일마다 마음을 즐겁게 한다면 그야말로 생명을 그대로 극약에 빠뜨리는 소치이니라.

채근담

• 말하는 것은 지식의 영역이고 듣는 것은 지혜의 특권이다.

올리버 웬델 홈스

• 신은 인간에게 두개의 귀와 한 개의 혀를 주셨다. 인간은 말한 것의 두 배만큼 들을 의무가 있다.

제논

• 질병은 입을 좇아 들어가고 화근은 입을 좇아 나온다. 태평어람

• 아는 것을 안다 하고 모르는 것을 모른다 하는 것이 말의 근본이다.

순자

• 말을 많이 한다는 것과 잘한다는 것은 별개이다. 소포클레스

• 나의 언어(말)의 한계는 나의 세계의 한계를 의미한다.

루드비히 비트겐슈타인

• 말이 입힌 상처는 칼이 입힌 상처보다 깊다. 모로코속담

• 험담은 세 사람을 죽인다. 험담 하는 자, 험담의 대상자, 듣는 자이다.

미드라쉬

• 문장은 거기에 쓰이는 언어의 선택으로 결정된다. 평소에 쓰이지 않는
말이나 동료들끼리만 통하는 표현은 배가 암초를 피하는 것처럼 피해야
한다. 율리우스 카이사르

• 군자는 말을 잘하는 사람의 말에만 귀를 기울이지 않고 말이 서툰 사람
의 말도 귀담아 듣는다. 공자

• 훌륭한 유머는 사교계에서의 가장 훌륭한 의상이다. 세귀리

• 개미보다 더 설교를 잘하는 존재는 없다. 개미는 아무 말도 하지 않는다.

벤자민 프랭클린

- 말은 행동의 거울이다. 　　　　　　　　　　　　　　　　　솔론

- 나의 무한의 나라는 사고(思考)다. 그리고 나의 날개 있는 도구는 말이다.

  　　　　　　　　　　　　　　　　　　　　　　　프리드리히 쉴러

- 말은 말할 것도 없이 인류가 사용한 가장 강력한 약이다.

  　　　　　　　　　　　　　　　　　　　　조지프 러드야드 키플링

- 비밀이란 혀라는 롤러코스터를 자꾸 타고 싶어 안달하는 개구쟁이다.

  　　　　　　　　　　　　　　　　　　　　　　　에밀리오 헤레라

- 인간에게 있어서 말은 고뇌를 고치는 의사이다. 왜냐하면 말만이 영혼
  을 고치는 불가사의한 힘을 갖고 있기 때문이다. 　　　메난 드로스

- 사람은 누구나 그가 하는 말에 의해서 그 자신을 비판한다. 원하든 않든
  간에 말 한 마디가 남 앞에 자기의 초상을 그려 놓는 셈이다.

  　　　　　　　　　　　　　　　　　　　　　　　랄프 왈도 에머슨

- 사람이 깊은 지혜를 갖고 있으면 있을수록 자기의 생각을 나타내는 말
  은 더욱 더 단순하게 되는 것이다. 　　　레프 니콜라예비치 톨스토이

- 짧은 말에 오히려 많은 지혜가 감추어져 있다. 　　　　소포클레스

- 말은 날개를 가지지만, 생각하는 곳으로 날아가지 않는다.

  　　　　　　　　　　　　　　　　　　　　　　　조지 엘리어트

- 한 마디의 말이 들어맞지 않으면 천 마디의 말을 해도 소용이 없다. 그러기에 중심이 되는 말 한 마디를 삼가서 해야 한다. 중심을 찌르지 못하는 말일진대 차라리 입 밖에 내지 않느니만 못하다. 채근담

- 과장에는 과장으로 대처하라. 재치 있는 말은 상황과 경우에 따라 사용되어야 하며, 이것이 바로 지혜의 힘임을 알라. 발타사르 그라시안

- 금속은 소리로 그 재질을 알 수 있지만, 사람은 대화를 통해서 서로의 존재를 확인하게 된다. 발타사르 그라시안

- 어떠한 충고일지라도 길게 말하지 말라. 호라티우스

- 모든 사람에게 너의 귀를 주어라. 그러나 너의 목소리는 몇 사람에게만 주어라. 윌리엄 셰익스피어

- 말을 할 때는 자신이 이미 알고 있는 것만 말하고 들을 때는 다른 사람이 알고 있는 것을 배우도록 하라. 루이스 맨스

- 무슨 이야기를 하기 전에 생각할 여유가 있거든 그것이 말할 만한 가치가 있는가 없는가, 말할 필요가 있는가 없는가를 먼저 생각하라. 앙리 드 레니에

- 남의 말을 잘 듣는 사람이 된다는 것은 확실히 쉽지 않은 일이고 또한 말 잘하는 사람이 된다는 것과 같을 정도로 중요하다. 에이브리

• 성공의 비결은 남의 험담을 결코 하지 않고 장점을 들추어 주는 데 있다.

벤자민 프랭클린

• 당신이 수다를 떨면 떨수록 사람들은 그만큼 당신이 한 말을 기억하지 못한다.

페네롱

• 내가 하는 농담 방법은 진실을 말하는 그것이다. 진실은 이 세상에서 제일 재미있는 농담이다.

조지 버나드 쇼

• 소문이란, 누군가 발명한 것을 다른 무리들이 확대하는 것.

조나단 스위프트

• 이 세상을 번거롭게 하는 갖가지 불행의 대부분은 말에서 일어난다.

바아크

• 식탁에서는 절대 논쟁하지 말라. 배고프지 않은 자가 논쟁에 이기므로.

훼트리

• 진정한 웅변은, 말해야 할 모든 것을 말하고, 말하지 않아야 될 것은 한 마디도 하지 않는 것이다.

라 로슈코프

• 구변 좋게 지껄여 댈만한 재기도 없고 그렇다고 침묵을 지킬만한 분별도 갖지 못한다는 것은 커다란 불행.

라 브뤼에르

• 노상 술 먹는 인간은 맛을 모른다. 노상 지껄이는 인간은 생각할 겨를이 없다.

볼테르

• 사람을 이롭게 하는 말은 솜처럼 따뜻하지만 사람을 상하게 하는 말은 가시처럼 날카롭다. 한마디 말이 사람을 이롭게 함은 소중하기가 천금 같고 한 마디 말이 사람을 속상하게 함은 칼로 베이는 것 같다.

명심보감

• 가만히 보면 우리들이 평소에 나누는 대화는 신문이나 잡지, 다이제스트 따위를 훑어보고 얻은 사실이나 이론을 인용해 서로가 이렇다 저렇다 하며 자기주장을 내세우는 것에 불과하다.

헨리 밀러

6. 맺음말

말하기 훈련이 절실하다고 생각한 2003년에 나사렛대학교 교양국어 교과서로 편찬된 『움직이는 말하기』를 통해 말하기수업을 진행해 왔고, 자신의 느낌과 생각을 소신껏 표현하는 학생들의 모습에서 보람도 느끼게 되었다.

'말 잘하는 사람'은 있어도 이치에 맞게, 상대방을 배려하면서 온유한 태도로 '잘 말하는 사람'이 희귀해져 가는 우리 현실에 일조할 수 있는 화법교재가 되기를 기원한다. 화법교재를 엮으면서 우리의 언어문화적 여건과 배경이 열악하다고 추정해 왔던 원인을 진단해볼 수 있게 되었다. 우리 조상들은 말 많음의 폐단을 면밀하게 직시했다고 본다. 나름대로의 지혜가 아닐 수 없으나, 오랜 동안 그런 문화에 젖어있다 보니 타인 앞에서 언어로 표현하는 능력에 대한 연구와 화법개발에 있어 소극적이 되었다. 그저 남 앞에 말 안 하고 있으면 실수할 일도 없고 중간 정도는 유지할 수 있다고 믿었던 수동적인 삶이 자리해 왔기 때문이다.

적절한 대화를 통해 나를 발견하고 또한 상대방의 생각을 수용함으로써 유대감을 증진시키고 사물인식 또한 심화·확장되는 일이 우리에게 생겨나길 바란다. 남과 더불어 생각하고 말을 주고받는 일은 예술이라고 본다. 우리 사회가 창의적이고 역동적인 언어표현을 통해서 삶의 지평을 확장하고 의미와 재미가 넘치는 사회를 만들어 갈 수 있기를 기대하는 마음 뜨겁다.

참고문헌

김종택 외 3, 『화법의 이론과 실제』, 정림사, 2000.

이기문, 『속담사전』, 일조각, 2001.

이정숙, 『한국형 대화의 기술』, 더난, 2004.

이정환, 『재치있는 말 한마디가 인생을 바꾼다』, 시아출판사, 2003.

더글라스 스톤 外, 『대화의 심리학』, 21세기 북스, 2003.

로만 브라운, 『말의 힘』, 이지앤, 2003.

루엘 엘 하우, 『대화의 기적』, 대한기독교교육협회, 2000.

스티븐 E. 툴민, 고현범·임건태 역, 『논변의 사용』, 고려대학교 출판부, 2003.

이지마 디케시 이손, 『생각하는 것을 반밖에 말하지 못하는 사람』, 1993.

제임스 C 흄스, 『링컨처럼 서서 처칠처럼 말하라』, 시아출판사, 2003.

지그문트 바우만·카를로 보르도니, 안규남 역, 『위기의 국가』, 동녘, 2014.

칼 포퍼, 이한구 역, 『추측과 논박 2』, 민음사, 2001.

Christian Plantin, 장인봉 역, 『논증연구 : 논증발언 연구의 언어학적 입문』,
    고려대학교 출판부, 2003.

토머스 고든, 『토머스 고든의 리더 역할 훈련 LET』, 양철북, 2003.

로널드 B. 아들러, 『인간 관계와 자기표현』, 한국심리상담연구소 생활심리시리즈
    2, 2001.

MEMO

유혜숙 서강대학교 국어국문학과 졸업
서강대학교 국문학박사
현재 나사렛대학교 교양대학 교수

움직이는 말하기

2019년 2월 27일 초판 1쇄 펴냄
2020년 2월 28일 초판 2쇄 펴냄
2022년 2월 28일 초판 3쇄 펴냄

지은이 유혜숙
펴낸이 김흥국
펴낸곳 도서출판 보고사

등록 1990년 12월 13일 제6-0429호
주소 경기도 파주시 회동길 337-15 보고사
전화 031)955-9797(대표)
     02)922-5120~1(편집), 02)922-2246(영업)
팩스 02)922-6990
메일 kanapub3@naver.com
http://www.bogosabooks.co.kr

ISBN 979-11-5516-878-3   03810
ⓒ 유혜숙